Caracò Editore

Testimoni
5

Giulia Di Girolamo
Alessandro Gallo

NON DIAMOCI PACE

Diario di un viaggio (il)legale

caracó
editore

Giulia Di Girolamo, Alessandro Gallo
NON DIAMOCI PACE
Diario di un viaggio (il)legale

Caracò Editore
Collana Testimoni

ISBN 978 8897567 615
I edizione gennaio 2014

www.caraco.it

Siate intransigenti, non lasciatevi andare ad alcuna adulazione, l'antimafia si fa senza i contributi pubblici, facendo volontariato e aiutando i più deboli. Non serve l'antimafia delle parole, serve coerenza.

Nicola Gratteri

Le storie narrate sono ispirate a fatti di cronaca realmente accaduti

È autunno, sul tavolo della biblioteca di Villa Spada, a due passi dal Santuario di San Luca, dove di solito preferisco scrivere quando ho bisogno di un luogo tranquillo e poco frequentato, pagine ricche di appunti, ordinanze di custodia cautelare, inchieste e fogli di giornali sovrastano il verde acqua che accomuna i tavoli di questa asettica e silenziosa sala studio. Sono certo che anche Giulia, convinta e determinata compagna di questo viaggio nella fitta, estesa e intricata rete criminale in Emilia Romagna, in un'altra sala, non troppo distante dalla mia, cerca le tracce delle mafie dell'oggi su questo territorio.

Un interesse che, con il trascorrere del tempo, diventa quasi un'ossessione per entrambi. Una ricerca che per mesi ci porta da un punto all'altro della regione a cercare storie, confrontare dati, stringere mani e abbracciare i tanti giovani che come noi, a volto nudo, affronta i clan qui, su al nord.

Un viaggio non facile compiuto senza pause per riflettere, fatto di pancia, da affamati di conoscenza, esposti alle solite accuse di essere ancora troppo giovani, ingenui e poco preparati.

Forse è vero, forse no. Ma non ci interessa. Siamo convinti che spesso l'ingenuità e l'inesperienza si accompagnino alla voglia di essere sempre, costantemente, intransigenti verso ogni forma di corruzione, ogni forma di minaccia e violenza, sia essa di origine mafiosa o no.

Siamo giovani e inesperti, ma noi siamo decisi ad urlare i nostri no, disposti a piangere, pronti a tornare a sorridere assieme a un esercito di giovani consapevoli che sia ormai tempo di fare la giusta scelta di campo e affrontare una vischiosa cultura criminale che tiene in ostaggio il nostro presente e cerca di ipotecare il nostro futuro. Non vogliamo essere eroi di un'antimafia "del nord", ma solo sentirci cittadini sani.

Continuo a scrivere mentre la grigia e umida nebbia che preme sui vetri opachi della grossa finestra, mi infastidisce, mi irrita, mi rende irascibile. So già che all'uscita da questa sala, cercherà di penetrarmi nelle ossa, nei tessuti, colpendo i miei arti e lasciandomi debole e vulnerabile, così come da tempo provano a fare le mafie e forse senza smettere mai.

Mentre osservo queste carte, mentre cancello e riscrivo cifre, studio dati e quasi mi viene il vomito dalla rabbia, penso che a questa regione devo tanto, le devo altro che una risata o un urlo da terrone nostalgico pronto ad attaccare tutto e tutti in questo spazio tondo e rosso che è Bologna "la dotta". A questa città devo la mia conoscenza e la mia vicinanza al fenomeno mafioso, l'ossessione di combatterlo con la parola. Raccontare senza mai piegarmi ai vari opportunismi, trasformare in parole semplici i dati, le cifre che io e Giulia abbiamo cercato e trovato. Storie da ricostruire, da colorare e ammorbidire con parole semplici per renderle comprensibili anche a chi continua a ripeterci, quasi come un'antica litania, che le mafie sono "una questione meridionale".

Nonostante da tempo non sia più così, per troppi ancora, tutto ciò che rappresenta sangue, piombo, fame e violenza, continua ad essere solo una questione meridionale! Come non darle torto. Non ho mai nascosto di essere nato in un quartiere difficile dove il sonno veniva spesso spezzato dagli spari di clan in guerra; cresciuto nella periferia di una Napoli dove poteva anche capitare di giocare nel sangue di un corpo rimasto per ore sul selciato, nell'attesa di un magistrato che ne autorizzasse la rimozione. Tacere è da vigliacchi, la verità va raccontata sempre, anche se brutta, brutale, violenta. Mai smetterò di raccontare questo male perché continuo a credere che, dietro ogni inferno, esista una bellezza che prima di diventare bene comune, debba essere conquistata.

Un quartiere "inferno" in cui sono cresciuto sentendo sulla pelle, giorno dopo giorno, l'angoscia di vivere troppo vicino alla camorra. Non ho mai nascosto la militanza di persone legate alla mia famiglia, come mia cugina Cristina che negli anni ottanta è stata tra le donne mafia più ricercate, temute, imitate: la Nikita di una periferia dove, come tanti, anche lei pensava che solo con una Calibro38 si poteva pretendere rispetto.

E non ho mai nascosto le scelte sbagliate di mio padre che si trovò a fiancheggiare e lavorare per i Di Lauro, tra i clan più conosciuti.

Entrambi hanno "sbagliato campo"; hanno appoggiato quel male, la Camorra. A causa di queste scelte, ancora oggi, continuiamo a pagare!

Eppure queste scelte al sapore di Chanel e kalašnikov non hanno mai fatto ingresso in casa.

Ma un giorno ho sentito di non farcela più a reggere tutte quelle contraddizioni e sono scappato. Sì, scappato perché è questa la parola giusta per descrivere la mia fuga da quell'inferno.

Ho lasciato Napoli, l'ho sostituita con un'altra città, con altre abitudini e ho capito che esistono altri inferni meno rumorosi, meno sanguinari, meno feroci.

Inferni dove i Luciferi si vestono con abiti bianchi, scendono in strada con il casco e senza armi. Uomini che occupano le poltrone dei consigli comunali, delle grandi aziende e forse anche delle grandi banche, che distruggono, investono, riciclano. Inferni dove i forconi sono sostituiti da penne preziose con le quali firmare contratti miliardari con l'utilizzo di soldi pubblici per non costruire nulla o, ancor peggio, costruire male, nel disprezzo della vita delle persone e dell'ambiente. Inferni dove il grigio prende il posto del rosso, il freddo il posto del caldo.

Lontano da Napoli, ho capito che anche questi inferni devono essere raccontati.

Guardare il nord con occhi diversi, e vederlo come luogo dove le mafie vanno più veloci di qualsiasi altro movimento politico, sociale, culturale.

Ci sono inferni che ci sembrano lontani ma che invece sono più vicini di quanto si possa pensare. Inferni dove ogni giorno c'è il rischio di finirci da complici.

Inferni dove, da nord a sud, nasce la stessa preghiera al contrario la stessa ossessione: *non diamoci pace*.

IO NON TACCIO

A Nino, ai suoi figli.

Poggiai due tazze di caffè, una bottiglia d'acqua e il mio solito registratore sul tavolo di casa.

Giulia prese il suo taccuino, lo aprì, ci scrisse su "incontro con Nicoletta", portò in petto le ginocchia, come una bambina curiosa di ascoltare una storia, e in silenzio attese.

Nicoletta era tesa. Osservai le sue mani, perfettamente curate, un viso semplice, lineamenti delicati; una ragazza acqua e sapone. Leggevo nei suoi occhi una sottile agitazione.

«Non voglio farti domande», le dissi, «quando te la senti, puoi cominciare a parlare. Prima, se ti va, puoi prenderti il caffè.»

Nicoletta non la guardò neanche la tazza, si passò la lingua sulle labbra, come per carburare di saliva il palato e la gola, e cominciò il suo doloroso viaggio verso sud.

«Era il 30 settembre del 1996. Il giorno del funerale di mio padre. Avevo sette anni. A Varapodio l'estate sembrava non volesse andare via.

Di quel giorno ricordo l'intero paese in piazza, gli sguardi bassi delle donne che pregavano, gli uomini che si guardavano le scarpe, quasi come gesto di imbarazzo. I bambini incrociavano i miei occhi lucidi e mi lanciavano dei leggeri sorrisi amari.

All'uscita della bara ci fu un lungo applauso. Il frastuono fece volare via gli uccelli. Credevo che succedesse solo nei film. Dalla piazza si alzò un vento caldo che mi accarezzò come solo poche ore prima lo aveva fatto mio padre.

Non ho mai cancellato dalla mia mente quel frastuono. Le avrei volute annusare tutte quelle mani. Avrei voluto sentire, dalle mie piccole narici, dove era la puzza di piombo. Avrei voluto sapere se tra quelle mani che sbattevano feroci tra di loro c'erano anche le mani di chi, la notte prima, aveva ucciso mio padre. Mi aveva tolto, per sempre, il mio uomo.

In chiesa mi ritrovai per caso, mi avevano presa da casa e portata davanti alla bara.

Non capii subito, successe tutto così in fretta.

Ricordo ancora il silenzio in casa dopo tutto quel frastuono. Lo stesso silenzio di quella piazza che per anni ci è stata indifferente, che per anni ha girato lo sguardo a ogni minaccia subita da mio padre, che ha abbassato lo sguardo a ogni sparo indirizzato a mio padre. Quella piazza che ha sempre avuto paura e che quel mattino chiedeva scusa salutandolo, per l'ultima volta, con un lungo applauso.

Nino, mio padre, non si è mai piegato alla 'ndrangheta, a ogni loro minaccia denunciava. Non ha mai pensato di smettere. Per anni ha detto no al pizzo: non accettava che la sua azienda edile, il suo cemento, i suoi operai, i suoi figli, fossero schiavi di un branco di vermi. Perché di vermi si tratta e non di uomini. Non meritano onore, né il rispetto di chi lavora, giorno dopo giorno, con fatica e sudore.

In paese, mio padre era amato da tutti. Camminava sempre a testa alta e non incuteva paura. Era amato perché dava lavoro e aiutava sempre chi aveva bisogno. Ma a quei vermi non voleva dare niente. Alla 'ndrangheta no! Per loro le mani vanno tenute conserte, braccia in petto. Come bambini indispettiti.

Mio padre ha pagato il prezzo più caro per la sua coerenza, ma quei vermi non hanno vinto. I miei fratelli hanno alzato un muro dieci volte più grande per difendere ciò che mio padre ci aveva lasciato: un muro costruito con un materiale speciale: il coraggio di dire di no.

Nessuno ha mai sentito il dovere di aiutare la figlia di Nino, e a dire il vero, buon per loro, perché si sarebbero scontrati con la mia fervente ostinazione a non essere motivo di loro compassione, cosa che detesto e mi scrollo di dosso ad ogni occasione in cui rischio di imbrattarmene.

Non è stato facile riprendere la nostra vita. Io ero piccola, non capivo cos'era successo e cosa stava ancora succedendo. Per anni mi sono sentita accerchiata da gente che mi accarezzava il capo e mi stringeva al petto. Tutti sentivano il dovere di aiutare la figlia del grande Nino, la figlia di un uomo coraggioso. Ho sempre odiato tutta quella compassione. Ho sempre pensato che dietro quella tenerezza si celasse un certo senso di colpa per la morte di mio padre.

Colpevoli per aver sempre ignorato il pericolo nascosto nella parola 'ndrangheta e per non aver aiutato mio padre che aveva messo molti dei loro figli a lavorare accanto ai miei fratelli.

Colpevoli per aver chiuso le loro finestre ad ogni sparo, per aver solo sussurrato i nomi di quei vermi, a voce bassa, al riparo delle loro case, nel buio delle loro cucine, delle loro camere da letto.

Colpevoli per aver raccontato ai loro figli che Nino era morto di infarto o di una malattia rara.

Bugiardi e colpevoli di non aver mai avuto il coraggio di difendersi gridando "io non taccio".

E fu così che, preso il diploma, decisi di andare via. Lasciare la mia terra, il mio paese. Ero stanca di essere consolata perché figlia di una vittima, mi sentivo vulnerabile davanti a tutte quelle attenzioni che non reputavo sincere, ma ipocrite.

Non volevo diventare un alibi per la loro coscienza!

Decisi di andare via, il più lontano possibile da casa, dalla mia terra, dalla mia Calabria e cercare una città che mi accogliesse come una studentessa qualunque e non come una vittima. Una città dove poter trasformare, giorno dopo giorno, la rabbia, il dolore e la voglia di vendetta in un quieto senso di giustizia. Scelsi la facoltà di giurisprudenza.

Volevo studiare le leggi, interpretarle, per imparare ad usarle come unico strumento di difesa. Frequentare aule lontane dalle università del sud per non correre il rischio di finire vittima di un sistema marcio, corrotto, dove ancora qualcuno si presentava agli esami con una pistola o con una busta piena di soldi per pagare il corrotto di turno.

Una situazione che sapevo di non riuscire a reggere. Fu così che arrivai a Bologna certa che non avrei trovato nessun ragazzo del mio paese.

Ripartire da zero.

Ripartire dai miei sette anni.

Andar via è stata una scelta consapevole piuttosto orientata a non svilire il mio potenziale, ad essere valorizzata per un valore proprio e non perché dovuto come una sorta di ricompensa per il dramma vissuto. L'idea che un merito mi venga concesso per compensare mi disgusta, temevo che questo potesse accadere facilmente in quel luogo, trito di teste sommesse e mentalità dure a morire. Per questo ho lavorato sempre il doppio per autodeterminarmi, ma non ho creduto fosse sufficiente, per questo sono andata via, per questo ho taciuto a Bologna sul mio passato, per questo sono restia a raccontarmi.

Era bello poter girare per le stradine della città, con i suoi portici carichi di storia, fermarsi sotto le due torri o in Piazza Maggiore con le amiche di corso e non sentirsi osservata. Non sentirsi sempre in obbligo di ringraziare qualche vecchietta che ti ricorda le virtù di tuo padre o, peggio ancora, di dover accettare l'interesse di un ragazzo che ti corteggia, perché sei la figlia di una vittima di mafia o perché pensa che Nico è bella, debole, non ha malizia, e perciò è *fimmina* da sposare.

Io voglio essere amata per quel che sono, per quel che ho dentro. Amata anche per i miei difetti. Bologna mi ha dato questa possibilità, mi ha dato la forza di potermi conoscere, dentro, fuori e di conoscere meglio la mia terra.

Così è stato, per molto tempo: amata tanto, forse troppo, per oltre sette anni da un ragazzo che mi ha sostenuto in ogni segno di cedimento, si è sostituito agli affetti che mi sono mancati, ha tentato di colmare i miei bisogni essendo presente in ogni istante e in ogni occasione, ha sopportato i miei sbalzi d'umore, la mia disperazione, le mie debolezze in privato, i miei sfoghi di rabbia che in pubblico scelgo di comprimere. Ha sopportato le mie mancanze. Perché non aver più mio padre mi ha trasformata anche in questo: una macchina da guerra e granitica all'esterno e gravemente ferita all'interno, proprio perché tentando di proteggere le mie emozioni dalla compassione altrui, finivo con sfogarle solo privatamente con lui.

Il nostro è stato un amore maturo, intenso e travagliato. Mi ha preso per mano quando ero una bambina e mi ha reso la donna che sono, senza pretesa alcuna.

Ho studiato molto, giorno e notte. Ho studiato le mafie, tutte. Da sud verso il nord, da nord verso il sud. Non ho mai smesso di cercare nomi, clan, dati. Le mafie si combattono con la conoscenza dei loro profili, con la consapevolezza che le loro risorse, i loro guadagni illeciti, toccano il nostro quotidiano. Ho trascorso tante ore nelle biblioteche, nelle sale studio, nei salotti squallidi di qualche casa del centro. Ho studiato con i miei amici di corso, ragazzi del nord, gli stessi amici che un giorno mi hanno chiesto di fare un viaggio, di partire, di andare giù al sud, a Polistena, a due passi da casa mia, su un bene confiscato, a parlare di 'ndrangheta, a conoscerla da vicino, parlando con chi ha colpito le mafie nel loro punto più debole: il denaro.

Non ho voluto dire no e con loro presi l'autobus in direzione Piana di Gioia Tauro pur sapendo che stavo tornando nel passato.

Sentivo che rispondere "No, grazie, non mi interessa" sarebbe stata per me una sconfitta, parole chei miei amici non avrebbero compreso.

Troppo difficile da spiegare.

Furono giorni faticosi per me. Osservavo gli sguardi stupiti dei mie amici che si aggiravano tra beni confiscati e aule di tribunale, leggevo nei loro occhi il desiderio di capire comepotevano rendersi utili per la Calabria, per la mia terra.

Tutto ciò, mentre io stavo zitta, sulle mie, come se tutto ciò non mi appartenesse, ma stavo male. Ad un tratto sparì la mia aria da brava studentessa, giovane ribelle che aveva compreso che le mafie si combattono con la razionalità. Sparì, lasciando spazio al peggiore dei snobismi.

Non ero del tutto presente in quel viaggio, mi sentivo in colpa per averlo intrapreso assieme ai miei amici di corso e per voler tenere dentro di me la mia storia.

Mentre ci spostavamo da un luogo a un altro, li guardavo e mi chiedevo: ma una volta rientrati a Bologna di questo viaggio cosa porteranno dentro di sé? Cosa ricorderanno?

E soprattutto, chi li avrebbe aiutati a tenere in vita la voglia di conoscenza e capire che la 'ndrangheta non nasce e muore nella Piana di Gioia Tauro, ma che risale l'intero stivale. Che la 'ndrangheta non è solo una questione meridionale? Domande che mi facevo giorno e notte, un'ossessione.

Poi mi decisi. A poche ore dal viaggio di ritorno, decisi di parlare, di non tenermi tutto dentro: chiamai i miei fratelli, i ragazzi, i professori e chiesi loro di ascoltarmi. Quel pomeriggio, a Polistena, raccontai la storia di Nino, la storia di mio padre.»

Nicoletta, smise il suo racconto e finalmente, sorseggiò il caffè, ormai freddo, dalla tazzina.

Fece un lungo respiro, quasi un gesto di liberazione, e disse: «Come sono andata?»

Non le risposi subito. Guardai lo scorrere del tempo sul display del mio registratore, la mia tazzina, vuota, dal fondo nero. Guardai le sue mani, sudate. Le mie, ancora di più. Guardai il taccuino di Giulia ancora bianco, il tempo per lei si era fermato ad un'unica frase "incontro con Nicoletta".

Il caldo estivo di Bologna ci tolse il respiro come la storia di Nicoletta. Desideravo alzarmi, prenderle la mano e stringerla al petto, forte come una sorella.

Un abbraccio sincero, vero, da chi, quelle terre di mafia, le ha purtroppo vissute in prima persona. Da chi sa cosa significa scappare dal pregiudizio, dall'ipocrisia, dalla violenza, per non sentirsi sconfitti. Ripartire da zero per non morire di rimpianti e di rimorsi. Da chi non ha conosciuto la 'ndrangheta, ma ha guardato negli occhi la camorra. L'ha vista minacciare, sparare, comandare. Uccidere. Da chi riesce a riconoscere un applauso vero da una *clac* pagata a caro prezzo.

Da chi sa che da sud verso nord, la storia e i personaggi sono tragicamente sempre gli stessi. Cambiano le città, ma non cambiano i nomi dei clan. Da chi sa che non esiste il bianco e il nero, ma tante impercettibili sfumature.

Volevo abbracciarla, ma sentivo che era inutile, temevo che interpretasse male il mio gesto, che mi paragonasse ai ragazzi del suo paese. Avevo paura di rovinare quel silenzio dove la parola, dopo aver tagliato i ricordi e riaperto le ferite, faticosamente stava cercando di ricucire antichi dolori.

Rimasi in silenzio.

Lasciai decidere a lei quando ripartire.

Non osai strapparle dell'altro.

Ci salutammo con un arrivederci.

La porta si chiuse davanti ai nostri occhi, Giulia chiuse il taccuino bianco. Non fiatò. Mi salutò in silenzio.

Ci sono storie a cui non c'è bisogno di aggiungere altro, storie che chiedono solo tempo per poterle sentire tue. La storia di Nicoletta è una di queste.

Era ormai sera, deciso a rientrare a casa. Camminai ore per la città.

Con il centro storico chiuso, Bologna sembra diversa. Hai tempo per fermarti, alzare lo sguardo e scoprire l'architettura di quei palazzi che tutti i giorni vedi tornando a casa ma verso i quali, per la fretta, non hai mai alzato lo sguardo per apprezzarne i colori, le preziose rifiniture.

Percorsi Via Rizzoli fino allo stadio, ricostruendo a memoria il racconto di Nicoletta. Quelle sue parole "da sud verso nord, da nord verso sud" disegnavano una linea ininterrotta che attraversava tutto lo stivale.

Una retta tagliata da un'ellisse all'altezza dell'Emilia-Romagna: crocevia per mafia, camorra, 'ndrangheta, sacra corona unita e mafie straniere. Punto di incontro per tessere fitte e pericolose reti di potere criminale.

Usura, racket, droga, prostituzione e gioco d'azzardo un fatturato annuo che si aggira attorno ai venti miliardi di euro: l'Emilia-Romagna "Eldorado" delle cosche, dei clan, delle 'ndrine.

Arrivai a casa che era ormai notte inoltrata, mi misi al PC a scrivere. Pensai agli studenti che assieme a Nicoletta avevano compiuto un viaggio legale per conoscere le mafie al sud, ascoltare le storie di imprenditori, sindaci, magistrati, storie di gente comune. Giovani che erano tornati nella dotta, ricca e rossa Bologna dopo aver stretto le mani di quanti, resistendo all'attacco della mafia, rappresentano i partigiani di oggi.

Proprio come Nicoletta, che pur lontana dalla propria terra, non ha gettato la spugna, non ha mollato.

A lei penso mentre al mio PC affido le prime frasi di questo racconto. Penso a Nicoletta, alla sua storia, alle sue scelte di oggi, alla sua voglia di resistenza in una città che non è la sua "terra-madre", ma alla quale ha voluto offrire il suo coraggio.

Partiamo da dove Giulia ha cominciato: "incontro con Nicoletta" e le parole cominciano ad affluire, veloci e sicure nella mia mente e da qui nelle dita che corrono sulla tastiera per raccontare la storia di Nino e dei suoi figli.

Un viaggio che io e Giulia vogliamo fare accompagnati dal sorriso di Nicoletta. Un sorriso pulito, aperto. Come i fogli bianchi del nostro taccuino.

NON SI TRATTA

Arrivai in ospedale con largo anticipo.

Scrissi un messaggio a Rita.

"Sono già qua", la sua risposta fu breve e tempestiva.

"Ok, non farti notare, a breve arriverà anche Ilaria assieme a Rosìta".

Rita e Ilaria sono due operatrici di strada, sono i pilastri dell'associazione di volontariato *Non si tratta* di Bologna.

Testarde e determinate in quel che fanno: raggiungere le donne che si prostituiscono su tutto il territorio bolognese e fare da mediatrici tra la strada e le strutture che offrono servizi di assistenza legale e sanitaria.

Le ragazze di *Non si tratta* fanno del volontariato genuino, con amore; in una città dove l'Io prevale sempre e comunque sull'altro vedere queste due ragazze, assieme ad altri volontari, sfrecciare per la città in cerca di chi ha bisogno di un aiuto è davvero gratificante.

Il fenomeno della prostituzione a Bologna è particolarmente visibile, è come fare un viaggio nell'indifferenza totale di cittadini e istituzioni.

I viali, e le periferie della città, da Borgo Panigale ai Giardini Margherita, passando per la prima provincia, quella delle villette bifamiliari e dei giardini pubblici ben curati, ci si rende conto che l'età media di queste ragazze, la maggior parte dell'est - Romania, Bulgaria, Moldavia, Ucraina -varia dai 20 ai 25 anni.

Guardi i loro occhi e ti accorgi che sono piccole, sono coetanee, sono sole. Pagano un marciapiede o una casa a caro prezzo. Sono prostitute in strada, sono prostitute in casa: ricevendo, quotidianamente, violenze sessuali dai loro aguzzini.

Non importa se su un marciapiede, in un appartamento, in un'auto o in un centro massaggi, se il cliente è un operaio o un professionista, ricco o povero, il fenomeno è più complicato di quello che sembra.

Viaggiare per la via Emilia e sentirsi vulnerabili a tutto ciò. Sentirsi inutili contro una megalopoli del malaffare, della violenza e dello sfruttamento che da in questa regione, da nord a sud, fa centinaia di vittime. Sentirsi senza armi per poter difendere queste ragazze che arrivano schiave e forse ci moriranno schiave. Vittime di una disuguaglianza sociale, prodotto finale di una miseria che nasce nei loro paesi e che continua a perseguitarle anche a centinaia di chilometri. Non si dimenano, non urlano, non scalpitano, queste ragazze a stento galleggiano in questa società. E se mai un domani annegheranno in questa melma forse mai nessuno denuncerà la loro scomparsa.

Giri lo sguardo e ad ogni angolo di quelle che un tempo erano campagne di una Emilia dove potevi annusare da vicino il sudore dei contadini ci trovi solo palazzoni grigi, centri commerciali, aree di sosta per i camionisti. Un tempo riuscivi a percorrerla con lentezza, ogni incrocio era il pretesto per godersi il paesaggio, oggi la si percorre a ritmo di rotonde che danno un tocco di morbidezza ad una guida frenetica: come se tutti volessero scappare e raggiungere subito casa. Scappare per non prestare attenzione a quei corpi. Non sentirsi complici perché infondo se non ci vai a letto con queste ragazze perché chiedersi chi sono? Perché chiedersi come mai dalle tre del pomeriggio fino a tarda notte i loro corpi in inverno rischiano il congelamento, e in estate rischiano di bruciarsi sotto un sole cocente. Perché chiedersi cosa provano le loro ossa dopo due ore in strada a inzupparsi di quella umidità tanto odiata e bestemmiata. Perché chiedersi cosa provano i loro bacini, le loro mani, le loro mascelle, dopo aver finto di aver fatto l'amore con decine di clienti. Perché chiedersi se anche loro sono donne come lo sono le nostre madri, le nostre mogli, le nostre figlie. Perché chiedersi tutto ciò se infondo, per quella via Emilia, ci si passa, distrattamente, due volte al giorno?

Dalle tante operazioni svoltesi sul territorio emiliano-romagnolo è emerso come esistano compiti ben precisi da rispettare per chi fa parte dell'organizzazione. C'è chi si occupa di smistare le ragazze all'arrivo, chi di addestrarle al lavoro della strada, insegnando loro come vestirsi, adescare i clienti ed eludere i controlli. Chi ha il compito di pedinarle e controllarle telefonicamente durante il lavoro, costringendole molte volte a rimanere sulla strada anche fuori orario per incrementare i profitti. Molte volte offrono alle ragazze degli appartamenti protetti dove portare i clienti e il ricavato della serata viene poi suddiviso tra i protettoti delle ragazze e chi domina e gestisce il territorio.

Durante uno di questi viaggi, dal centro alla periferia dalla periferia al centro, sono venuto a conoscenza del lavoro di Rita e Ilaria. Fu grazie ad una prostituta rumena, Elèna, di appena 22 anni. Mi avvicinai a lei come fanno tutte le sere i suoi clienti, e lei, come fa con tutti, poggiò il braccio sinistro sullo sportello dell'auto.

«Ciao, che ti va di fare?»

«Parlare, voglio solo fare due chiacchiere, ti va?»

Elèna mi guardò con stupore.

«Credimi, ho solo voglia di parlare. Ti va di fare un giro?»

Si guardò attorno e, incuriosita, salì in macchina.

Con Elèna percorremmo l'intero anello dei viali: da Porta Lame alla stazione. Mi raccontò della sua famiglia in Romania, dei suoi due figli, di un lavoro da segretaria perso subito dopo la nascita del secondo figlio. Mi raccontò di un cugino che le promise un lavoro in Italia ma una volta arrivata è finita su un marciapiede, minacciandola, ogni giorno, di prendersela con i figli, con il marito, con la madre, che in Romania attendono un suo ritorno.

Parlava benissimo l'italiano se pur a Bologna da soli tre anni.

«Sei un bravo ragazzo, con questi occhiali sembri un giornalista», mi disse.

«No, non sono un giornalista, puoi stare tranquilla», le risposi io sorridendo.

Percorremmo pochi chilometri e quando ritornammo al suo posto di lavoro, al suo marciapiede, sotto una fermata dell'autobus, a pochi passi dalla stazione, inaspettatamente mi chiese un altro giro.

Io la guardai con stupore, e le dissi, con tono scherzoso:

«Mi hai preso per una giostra?»

«Non mi hai ancora detto nulla di te, hai lasciato parlare solo me.»

Non aveva torto.

Rimisi la prima e sfrecciai via, mi chiese di andare piano.

«Non correre, avrai tanto da raccontarmi.»

Cambiò posizione, girò il corpo verso di me, mise la borsetta a terra. Si rilassò. Lessi nei suoi movimenti una certa fiducia nei miei confronti.

«Sto scrivendo un libro, voglio raccontare le mafie in Emilia-Romagna, raccontare di come questa regione non è quello che sembra. Raccontare i milioni di euro riciclati, la violenza, fisica e psicologica che alcuni imprenditori sono obbligati a subire. Dare un volto a chi per decenni è rimasto nascosto, indisturbato, a fare i porci comodi propri ma raccontare anche chi da anni resiste, nel silenzio più totale di istituzioni e giornali.

Raccontare di quanta droga gira in questi viali, da Via Zamboni alle discoteche di periferia. Raccontare chi ti sfrutta: uomini senza scrupoli che vi hanno rese schiave. Raccontare dei ricchi immobiliaristi che la domenica vanno in chiesa o al club in riviera a giocare a tennis, con famiglia a seguito, che vi affittano dei luridi appartamenti per seicentocinquanta euro settimanali solo perché siete puttane, guadagnate bene, potete permettervelo. Ecco, questo ho voglia di raccontare.»

«Accosta, per favore» mi chiese, pensai dentro di me che mi stava per lasciare, avevo esagerato, avevo toccato un tasto troppo difficile per lei, avevo pronunciato la parola "sfruttatore".

Girò il viso verso di me, mi guardò con degli occhi diversi.

«Tu hai coraggio, però devi stare attento. Non si scherza con questa gente. Sono dei mostri. Sono pericolosi. Sono capaci di tutto.»

«Stai tranquilla, cercherò di non lasciarci la pelle», le dissi con una certa presunzione quasi da giornalista virile.

Elèna fece segno di no con la testa, «non farla facile», mi disse mentre con la mano sinistra si alzò la sua maglietta girandosi, di spalle, verso di me. Aveva una cicatrice, lunga tutta la schiena.

«Leggi. Leggi tra i segni di questa cicatrice».

Gli avevano lasciato un segno indelebile sul corpo, tra quei segni c'era una scritta in rumeno: *Curva.*

«Puttana. Significa puttana. Mi fu fatta con un ferro caldo, appuntito. Avevo deciso, un giorno, di lasciarli. Pensai, addirittura, di andare a denunciarli.»

«Perché non lo hai fatto?»

«Perché è inutile. Perché sarei finita in una comunità a ricamare sciarpe mentre in Romania i miei figli sarebbero morti di fame. Per voi è facile dire denunciate ma non è così semplice. È tutto così complicato.»

Si coprì con rabbia e mi chiese di riportarla al suo marciapiede.

«Si è fatto tardi, mi riporti alla fermata?»

Rimanemmo in silenzio per tutto il tragitto. Una sola richiesta.

«Accendi questa radio, voglio sentire un po' di musica.»

«Non va la radio, funziona solo il lettore cd.»

Pigiai play, partì *Street Boy* di Sixto Rodriguez.

Street boy / You've been out too long / Street boy / Ain't you got enough sense to go home/ Street boy / You're gonna end up alone / You need some love and under standing / Not that dead-end life you're planning / Street boy...

Accostai alla fermata.

Elèna abbassò il volume dello stereo.

«Molto bello questo pezzo. Conosci l'inglese?»

«Poco, perché?»

«Sai che dice questa canzone?»

«Diciamo che vado per intuito.»

«Ragazzo di strada, per amare bisogna comprendere. Amore? Che cosa è Amore?»

Aprì la borsetta, prese una penna e scrisse un numero e un nome: Ilaria.

«Chiama questa ragazza, lei di sicuro ti saprà aiutare per il tuo libro. È un'amica. Ora torno al lavoro. A presto, scrittore.»

Fu così che mi avvicinai ad Ilaria, Rita e ai volontari di *Non si tratta*. Grazie ad Elèna scoprii come un gruppo di ragazzi, riempiono, quotidianamente, attraverso il loro aiuto, un vuoto in un società sempre più indifferente e piena di pregiudizi nei riguardi di queste ragazze.

Non serve molto ai volontari di *Non si tratta* per lavorare: un telefono, un'auto e tante ore in giro per la città a incontrare le prostitute. Non offrono caffè, non offrono panini o bevande ma del tempo nei vuoti notturni, dove si chiacchiera di tutto, si lasciano preservativi, si danno consigli sul domani, si parla delle loro storie, si condivide la strada, assieme, tra donne.

Mentre aspettavo l'arrivo in ospedale di Ilaria e Rita, per ammazzare il tempo, mi sedetti su una panchina all'esterno del padiglione e lessi alcuni report che mi lasciarono le ragazze dopo il primo incontro con i volontari.

Mi venne in mente che qualche giorno prima lessi una breve relazione di una neovolontaria, Cristina, che mi colpì più di tutte.

Venerdì 17 giugno 2013 - Via Emilia, Borgo Panigale

Scendiamo in strada verso le 10, è una bella serata, fa caldo ma in giro ci sono pochissime macchine. La prima ragazza che incontriamo è sorridente, chiacchiera, ci racconta che lavora poco, fa la badante e arrotonda con qualche serata. Prende il numero e ci saluta con un sorriso. Penso che siamo state fortunate, ma ragazza dopo ragazza mi rendo conto che i sorrisi abbondano, le ragazze hanno tempo, spendono volentieri qualche parola. Si informano su cosa possono fare con il numero. Una ragazza è incinta. Ha qualche dubbio sul tenere il bambino o meno. Ci fa un sacco di domande. Le ragazze nigeriane sono più chiuse, parlano meglio l'inglese. Ne abbiamo incontrate poche, mandano avanti le amiche, ci ascoltano con gli occhi che si perdono sulle macchine che passano, annuisco-

no con l'italiano ma in inglese domandano molto di più. Ho notato che davanti alle parole "ginecologo" e "documenti" le ragazze indietreggiano. Ci rispondono che hanno già un dottore e che i documenti li hanno già sistemati. Quando invece proponiamo di chiamarci "per qualunque cosa" sono più curiose, domandano, ci guardano sorprese, qualcuna ci confessa di aver pensato a qualche stranezza vedendo una macchina di donne avvicinarsi. Quando sentono il tono amichevole e soprattutto quando stringono la mano per presentarsi si lasciano andare, forse si sentono davvero tra donne almeno per qualche minuto. Bella, bella davvero questa prima pattuglia, abbiamo incontrato badanti, ex operaie reduci dalla crisi, mamme, ragazze appena arrivate in Italia, alcune qua da più di dieci anni. In comune una sorta di meraviglioso orgoglio al femminile. Ragazze che raccontavano "sono in strada perché ho perso il lavoro, succede, ma domani cambierà, smetterò". C'è tanta fiducia nel domani in queste voci di strada, tanta di più di quella che, erroneamente, mi aspettavo. È stato particolare sentire parlare del loro lavoro con tutti gli accenti che si possono usare per qualunque mercato: "molta offerta, crollo dei prezzi, concorrenza". Stasera ho capito quanto, chi passa in auto e non è un cliente possa aver difficoltà ad avere un'idea anche parziale su cosa si celi dietro questo mondo, racchiuso dalla parola, dai confini incerti e intrisa di pregiudizi, "prostituzione".

Le ragazze come fossero alberi, scorrono sui finestrini dei passanti. Io per prima non sapevo cosa aspettarmi: ho trovato ragazze con un lavoro difficile ma con voglia di chiacchierare, di parlare per essere aiutate ma anche di perdersi in discorsi leggeri e per un attimo prendere qualcosa di bello tra quello che di solito offre una visione sul marciapiede. Sarebbe bello se si potesse diffondere questa "altra strada": questo non passare ma fermarsi.

«Che fai qui fuori? Ilaria e Rosìta sono già dentro.»

All'improvviso la voce di Rita mi fece ritornare sulla terra.

Le parole di Cristina mi colpirono profondamente perché riassumevamo ciò che provai dentro di me quando lasciai Elèna al suo solito posto: fermarsi, anche per un solo istante, ad ascoltarle.

«In fondo al corridoio, a destra, le troverai sedute. Mi raccomando, non far capire nulla a Rosìta. Ilaria cercherà di non incrociare mai i tuoi occhi. Io sarò fuori, all'ingresso, a tenere a bada il solito palo mandato dal suo sfruttatore.»

«Il palo?», le chiesi.

«Certo, nessuno manda le sue schiave in giro per gli ospedali o per la città senza un uomo fidato.»

Da quella risposta capii che la giornata sarebbe stata particolarmente movimentata.

Rosìta è una ragazza bulgara di appena 22 anni. Quella mattina Ilaria e Rita la accompagnarono per un aborto. Qualche ora prima andarono in un ambulatorio per una visita di routine, ma Rosìta accusò forti dolori e grosse perdite di sangue e decisero di portarla in ospedale d'urgenza.

Spesso ad accompagnare queste ragazze, assieme ai volontari di *Non si tratta,* sono donne, o uomini, della loro stessa nazionalità. Non le lasciano per un istante, le gestiscono la borsa, i soldi e i documenti. I volontari di *Non si tratta* devono interagire, con mille difficoltà, tra questi uomini e le ragazze, tra le ragazze e i dottori del pronto soccorso.

La prima volta che incontrai Ilaria le chiesi: «Perché tutto questo? Perché questa scelta difficile di dialogare con la vittima e il carnefice?»

«Perché se non lo facciamo noi chi lo deve fare? Queste ragazze troppo spesso sono analfabete e quando si ritrovano da sole a dover affrontare un aborto oppure degli esami per l'HIV spesso ci rinunciano. E chi rinuncia a un aborto legale si sa che finisce per risolvere nel chiedere aiuto ai propri protettori e troppo spesso finiscono morte sotto i ferri della Maman.

In particolare le ragazze nigeriane, che hanno un livello scolastico molto più basso. Il loro viaggio comincia da Benin City, molto spesso con il consenso delle famiglie che le vendono alle organizzazioni criminali, ricevendo una quota dall'Italia del lavoro della figlia. Arrivano in Italia, smistate come pacchi, vengono loro sottratti i documenti, i loro protettori le sorvegliano tutti i giorni a tutte le ore.»

Ci vuole coraggio, questo mi ripetevo mentre percorrevo il corridoio per raggiungere le ragazze al reparto di ginecologia, coraggio a dover ascoltare, senza fare una piega, una vittima di tratta far finta che per lei il suo sfruttatore è come un datore di lavoro. Nel saper spiare e raccogliere informazioni, con indiscrezione, da documentare: nomi, dati, cifre da mettere su un tavolo di un capitano dei Carabinieri. Non gettare mai la spugna quando ti arrivano ragazze nigeriane convinte che l'unica soluzione è ritornare su un marciapiede perché chi le sfrutta le tiene sotto ricatto con un rito voodoo e che quindi non potranno mai essere delle donne libere.

Ci vuole il coraggio, ma non solo. Bisogna avere le dosi giuste di sangue freddo nelle proprie vene e nelle arterie per poter gestire la rabbia, controllare gli istinti e la voglia di prendere a cazzotti gli sfruttatori. Lo stesso sangue freddo che cercai io quella mattina nello stare sulle mie a ogni sguardo indifferente degli infermieri quando Ilaria, dalla sala d'attesa chiedeva invano celerità perché Rosìta stava molto male, faceva difficoltà a muoversi e perdeva molto sangue.

Quella mattina ho assistito al tutto in silenzio, in un angolo, volevo prendere appunti, mi ero convinto che per raccontare una giornata tipica di questi volontari dovevo seguirli, non mi andava di scendere in strada, avrei solo infastidito le ragazze e rallentato il lavoro per questo decisi di fingermi paziente e vedere di persona ciò che Rita, con rabbia, mi raccontava, giorni prima, durante le nostre chiacchierate:

«La nostra difficoltà non è quando usciamo di notte ma quando dobbiamo portare queste ragazze a fare una semplice visita ginecologica: passiamo l'intera mattina a difendere i loro diritti.

Italiane o straniere, prostitute per scelta o schiave, tutti hanno diritto a curarsi, ma spesso questo non avviene. Siamo costrette a usare toni minacciosi, ad alzare la voce e a puntare il dito nello stesso modo di come lo facciamo con quei pezzi di merda che le sfruttano.»

Quella mattina vidi con i miei stessi occhi ciò che era per me un semplice racconto di una volontaria incazzata. In quel reparto, in ospedale, capii che non ci sono mafie che fanno più male di chi ti tratta con indifferenza.

Quella mattina feci molta fatica a stare calmo.

Rosìta stava male, dopo circa cinque ore le ragazze riuscirono a ricoverarla, Ilaria la portò su al secondo piano, nell'attesa di notizie Rita chiese all'infermiere un referto della ragazza, la solita copia da documentare e girare ai Carabinieri (in certe circostanze dove il silenzio e la paura regnano dei fogli di carta possono essere più utili di mille racconti per salvare queste ragazze), ma l'infermiere non la pensava allo stesso modo: «Ragazza, te ne faccio cento di referti se le riporti tutte al loro paese!»

Rita rimase di stucco, senza parole. Fu quello, l'unico momento, da quando la conobbi, che lessi sul suo viso uno sguardo indifeso, quasi smarrita da quella risposta ricevuta da chi dovrebbe salvare le vite di tutti, senza pregiudizi. Quel suo senso di smarrimento durò pochi secondi, il tempo di ritornare con la testa in quel pronto soccorso. Guardò me per cercare sostegno, guardò la gente in sala, indifferente, c'era chi annuiva positivamente a quella frase, come per dire: "sì, queste puttane sono solo un problema per la città".

Poi riportò lo sguardo sugli occhi dell'infermiere, e guardandolo con schifo e con disprezzo difese i diritti di Rosìta ma soprattutto il suo lavoro da volontaria che quella mattina fu, certamente, più utile, di mille camici bianchi messi assieme:

«Si vergogni. Si deve solo vergognare, altro non può. Lei rappresenta la sanità pubblica, viene pagato per curare tutti, senza distinzioni di età, sesso e nazionalità. È questo che deve fare, e credo che forse sia stata la prima cosa che le hanno insegnato durante il suo corso da infermiere: fare questo lavoro senza pregiudizi.

Lo vede quel grosso uomo dell'est lì all'ingresso? Quello appartiene a quella razza di vermi che hanno tolto la libertà a Rosìta, si ricorda almeno chi è Rosìta? La puttana che lei mi chiede di rimandare al suo paese. Perché è questo che sta pensando da cinque ore nel suo ambulatorio: è solo una puttana, come puttane sono le sue connazionali.

Sa una cosa? Lei non è diverso da quell'uomo, perché come quell'uomo non tratta come semplici donne queste ragazze. Lei è un verme, un verme come è verme quell'uomo e tutti i suoi compari che fanno affari sulla pelle di queste ragazze.

Mi lasci dire solo che queste ragazze sono donne. Si, le può sembrare strano, forse mai nessuno gli avrà spiegato come funziona in questo mondo ma queste ragazze sono donne come lo sono le sue sorelle e le sue zie. Se ne ha. Donna come è donna sua madre o una sua compagna, una sua moglie. Donna come sarà un domani una sua figlia. Se ne avrà.»

L'infermiere abbassò lo sguardo e senza una parola rientrò nel primo ambulatorio vuoto.

Quel mattino stesso Rosìta venne ricoverata, Ilaria restò tutta la giornata al suo fianco. Rita, dopo quel faccia a faccia con l'infermiere, decise di staccare la spina per qualche ora e andare via.

Io rimasi seduto all'ingresso, ad aspettarla, con lo sguardo perso nel vuoto di una parete bianca. Un bianco che aveva il sapore di una sconfitta, quella che subimmo dalle parole di quell'infermiere. Una sconfitta che non poteva durare a lungo, così presi il mio taccuino e scrissi di quel giorno. Cominciai a scrivere seduto su una grigia e fredda sedia di una sala d'attesa. Decisi di scrivere subito, di non attendere il rientro in casa, di non raccontare nulla a Giulia ma chiederle di farmi da lettrice. Leggere questa storia quando ormai era giunta al punto finale. Non volevo lasciare Giulia fuori da tutto questo ma sapevo che ogni minuto in più che perdevo rischiavo di metabolizzare i dolori di quel mattino lasciando così pezzi per strada.

Il mattino seguente girai a Giulia il racconto.

«Giulia, scusa, ma sentivo l'esigenza di dover scrivere tutto subito. Non volermi male.»

Mi rispose con poche parole.

«Amico! Se ti fossi fermato anche un'ora a meditare forse avresti perso la storia e oggi, noi, non ci possiamo permettere tutto ciò, perché con il silenzio, l'indifferenza e i pregiudizi *Non si tratta*, mai!»

VITA SU MARTE

"Io mi ricordo tutto.
È 'na 'strunzate che la cocaina ti scassa la memoria.
Sono trent'anni che la tiro.
Io me la ricordo tutta la cocaina che mi sono tirato".
(Tony Servillo, da *L'uomo in più*)

«*Ue Palepoli*, stasera che fai?», mi urlò al telefono il *Baglio*, che di nome fa Riccardo ma da sempre lo chiamano così, storpiando il suo cognome che è Bagliori.

«Vuoi offrirmi una cena?»

«Non esageriamo ora. Ti porto in zona aeroporto all'inaugurazione di una mega disco. Vieni già mangiato!»

«No *Baglio*, la disco non la digerisco proprio.»

«Ma come, io lavoro per te e questa è la gratitudine?»

«Cosa è questa storia ora?»

«Ho un amico che di sicuro ti può aiutare sulla questione spaccio in città e poi dice di conoscerti da tempo.»

«Mi conosce? E chi è?»

«Si chiama Felice, è di Pianoro, è montanaro!»

«Non ho amici montanari. Ma non fa nulla. Andiamo, fammi sentire cosa ha da dirmi questo Felice.»

«Bella, così mi piaci! Vestiti di bianco se no non ci fanno entrare.»

«Di bianco?»

«È l'evento inaugurale, è il 17 maggio, è cominciata l'estate, stiamo all'aperto, non ti lamentare sempre.»

«Ma non ho nulla di bianco, manco le mutande!»

«Me ne occupo io, *vez*! Stasera ti vesto io.»

Riccardo arrivò sotto casa con la sua Mini Cooper, la lasciò, come da suo manuale, in doppia fila e salì di corsa a casa portandomi l'abbigliamento perfetto per la serata:

«Al piede mocassino bianco D&G usato una sola volta per il matrimonio of the my sister. Pantalone di lino a vita bassa firmato Armani, comprato ieri pomeriggio in centro. Camicia, rigorosamente pistagnina, ti starebbe meglio con un po' di colore al viso, ma tu e il mare avete litigato ormai da anni e per concludere giacca firmata Burberry comprata a New York. Naturalmente questi nomi che ho citato sono stilisti e non sono mica dei cinesi di Corticella.»

«No, sono sarte napoletane della ferrovia. Minchia, se mi fanno una rapina quanto si portano a casa?»

Mentre mi vestivo, il *Baglio* si mise a rovistare sulla mia scrivania, tra i miei appunti.

«Poi mi devi parlare meglio di questo libro che stai progettando.»

«Lo leggerai.»

«*Vez,* io leggo solo il Corriere dello sport.»

«Ecco, appunto. Lasciamo stare.»

Mi preparai, mi guardai allo specchio, la figura di Riccardo alle mie spalle pronto a giudicare era fastidiosa, non mi sentivo per niente al mio agio con tutto quel bianco e quel lino addosso.

«Ma come è possibile che un uomo possa tenere tutto questo bianco nel suo armadio. È impensabile.»

«*Palepoli!* Tu non hai ventisette anni, ne hai settantasette!»

«*Baglio*, andiamo da questo tuo amico, prima che ti mando a fare in culo.»

Salimmo in macchina, mise la prima e sfrecciammo direzione disco.

Fu inutile, a ogni incrocio, urlargli di andare più piano.

Scalava marce manco stessimo su una pista di rally, quasi me la facevo nelle mutande.

Mi era difficile pure ascoltarlo.

«In alcuni locali la coca gira anche all'insaputa dei proprietari e buttafuori. È impensabile che un gestore abbia tempo e voglia di controllare ogni suo cliente. Ci trovi di tutto nelle disco di questa città: ragazzini che si iniettano eroina, trans che *pippano*, studentesse che buttano giù MD come fossero caramelle. Ormai sono pochi i locali dove si va per il divertimento, per le donne e per la musica.

Ci sono locali tranquilli, però non é detto che dentro i bagni o al privè qualche ospite non porti della coca.»

«Quindi si spaccia», gli risposi io.

«No, è roba che portano i PR per i clienti importanti.»

«È spaccio, come lo vuoi chiamare?»

«No. Lo spaccio è quando ti fermano dentro o fuori dal locale, marocchini, magrebini e ti vogliono vendere quella merda.Questo è spaccio. Del tipo si mettono negli angoli e ti parlano nelle orecchie.»

«Faccio fatica a capire la differenza.»

«*Vez*! Poi ti faccio un disegnino. Sarai pure uno scrittore impegnato però ti perdi nei bicchieri d'acqua. Ora scendi, siamo arrivati.»

«Non ti meno solo perché dopo mi devi riportare a casa.»

Arrivammo al locale, nell'enorme parcheggio piazzale, quella sera, credo ci fossero state all'incirca trecento macchine.

All'ingresso un ragazzo della sicurezza ci fece un cenno con la mano, saltammo la fila subendoci, giustamente, gli insulti dei clienti in attesa.

Il *Baglio* prese il cellulare, scrisse un sms a Felice: *"arrivati, siamo carichi dove sei"*.

L'amico rispose subito: *"venite al tavolo in fondo alla sala, vi vedo"*.

Riccardo si girò, alle sue spalle Felice ci fece un segno con il braccio.

«Eccolo, andiamo *Palepoli*, stasera ti faccio fare il botto!!!»

Raggiungemmo Felice. Era giovanissimo, circa 22 anni, magro, abbastanza alto, vestito anche lui rigorosamente di bianco, che sorseggiava un Martini. Aveva un viso abbastanza conosciuto, ma non riuscivo a capire dove ci fossimo già incontrati.

«Guarda chi si rivede», gli disse Felice abbracciando calorosamente il *Baglio.*

«Amico, ti ho portato lo scrittore. È tutto tuo.»

Gli strinsi la mano forte, era fredda, umida.

«Piacere Felice, il *Baglio* dice che ci conosciamo già ma aiutami a capire dove e quando ci siamo visti?»

«Ti ho visto a scuola, al Pacinotti, in un'assemblea, durante una lezione sulle mafie.»

Fu per me troppo difficile ricordare, feci una sola lezione in quella scuola ed erano in seicento quella mattina. Quel viso non mi diceva ancora nulla.

«Dopo lezione ti accompagnai in stazione, ci sedemmo per un'oretta al Parco della Montagnola a parlare dei miei amici calabresi.»

«Bingo!», esclamai io.

Era la primavera del 2010, seduti su una panchina Felice mi fece vedere i suoi lividi sulla schiena, raccontandomi del giro di spaccio che da tempo gestiva, dove e da chi acquistava la droga.

«Ho cominciato solo perché volevo avere soldi, tanti soldi da spendere. Sono figlio di due operai di Pianoro, non voglio far pesare i miei sballi sulle spalle dei miei genitori», mi raccontò mentre con del tabacco tra le mani si faceva una sigaretta.

Felice ne voleva uscire ma si rese conto che era entrato in un giro grosso, gestito dai calabresi Antonio Marte e Saverio Pizzata, uomini legati agli 'ndranghetisti della famiglia-Nirta-Strangio di San Luca, arrestati a Bologna nel giugno del 2011 assieme ad altre venti persone durante l'operazione *Marte*.

Antonio Marte aveva una scuderia di corrieri che con auto noleggiate venivano mandati in Calabria a ritirare la droga per poi consegnarla nelle due basi bolognesi: un garage in Via Porrettana a Croce di Casalecchio e uno in Via Pontevecchio.

Per lo spaccio si affidavano ad un gruppo di sei acquirenti che pagavano la droga in anticipo per poi rivenderla ad altri spacciatori o fiancheggiatori, creando così una fitta rete di luoghi e locali dove chiunque poteva reperire *la bamba.*

In questa rete ci finì anche Felice. Una rete difficile da smascherare: la base non conosceva i piani alti e viceversa.

L'operazione scattò con l'arresto del corriere Armando Panetta, fermato in autostrada, di ritorno dalla Calabria, con tre chili di cocaina pura in auto e altrettanta in casa. Da quell'arresto, in due anni, l'intera organizzazione fu smantellata.

Felice mi raccontò che la droga si ritirava in due posti, da un benzinaio di Via Massarenti, da una ragazza in zona Borgo Panigale o in un parcheggio del centro da un tecnico-amministrativo dell'Università, con la passione per la cocaina.

La cocaina di Marte veniva spesso associata a festini hard con giovani squillo, in locali come il Tolara di Sotto di Ozzano dell'Emilia, nella bassa bolognese, o il Forte Jola di Monte Donato, zona colli.

«Posso offrirti qualcosa da bere?», mi chiese Felice.

«Un Martini, con ghiaccio», risposi io.

Ci sedemmo su un divanetto nel privè, Felice era particolarmente ansioso, muoveva di continuo le sue gambe, si guardava attorno, sembrava avesse paura di qualcuno.

Il suo sguardo era continuamente girato verso l'ingresso dei bagni.

«Come mai mi hai voluto parlare?»

«Così, volevo vederti, *Baglio* mi ha detto che hai bisogno di alcune notizie sullo spaccio in città.»

«Tu sei ancora nel giro?»

«Sì, anche se ora non ho legami con nessuno. Dopo l'operazione *Marte* la coca bisogna andarla a prendere a Milano, se vuoi vendere quella dei calabresi, se no resti in città e vai dagli zingari.»

«Zingari?»

«Si, in Via Erbosa. Ci trovi anche erba, di qualità.»

«Come arriva la coca a Bologna?»

«Con il vecchio sistema degli ovuli. Decine di ragazzi, perlopiù peruviani, costaricani, vengono mandatiin Sud America a caricarsi lo stomaco di una trentina di ovuli di coca pura. Arrivano a Bologna dove gli zingari li prelevano e li tengono chiusi in una roulotte a cagare giorno e notte fino a che non espellono l'oro bianco.»

«Hai fatto anche tu dei viaggi?»

«Si, due. Ma poi ho rinunciato. Preferisco venderla nei locali.»

«Troppo rischioso?»

«Si, al secondo viaggio dopo aver cagato sangue per giorni e vomitato per ore dalla prima espulsione ho detto basta.»

Felice raccontava il tutto senza emozioni, sembrava addirittura seccato di rispondere alle mie domande. Mi infastidiva quel suo modo di fare, mi infastidiva particolarmente il suo senso di superiorità nei miei confronti.

«Non sentiranno la mia mancanza gli altri corrieri, c'è la fila per potersi guadagnare mille euro con un viaggio di due giorni in Sud America. Da anni vedo che accettano anche studentesse fuori sede. Figlie di papà, santarelline tutte casa e università.»

«Come mai hai accettato di parlare con me?»

«Mi fido.»

«Ci siamo scambiati due chiacchiere per un'ora, come fai a fidarti?»

«Tu non sei come gli altri. Tu sai di cosa sto parlando. Questa città è un mix di borghesi cresciuti in bolle di sapone che *pippano* cocaina per sentirsi trasgressivi e studenti delle più sperdute provincie italiane che mettono piede nella Bologna metropolitana per sentirsi liberi e fare i cazzi propri. Ragazzi che la coca gliela puoi pure tagliare con il latte in polvere e non sentono differenza. Anzi, più latte metti più ti ritornano e ne vogliono altra.

Tu sei uno che conosce bene chi *pippa* e chi vende, sei cresciuto a pane e pomodoro in una città che non è certo Bologna. Sai riconoscere la coca che gira in queste zone grigie, dove il magistrato ti chiede di incontrarlo alle due di notte ai giardini del Cavaticcio perché è in crisi e ne vuole altra, la vuole subito. Il poliziotto che ti minaccia che se non gli fai lo sconto ti sbatte in galera. Il professore universitario che da anni boccia tua sorella allo stesso esame di matematica e sei costretto a passargliela a gratis. Il chirurgo che in tv mette la sua faccia alle campagne di raccolta fondi per i bambini malati che pretende che gliela porti fino all'ingresso dello spogliatoio della sala operatoria. Ne vuole tanta e ne vuole anche per i suoi colleghi, perché sono giorni che operano fino a tarda notte. Tu questa zona grigia la conosci bene. Sai che è questo il vero business della coca.Non sono quei ragazzini che, tra pochi minuti, nel cesso di questo locale, sul marmo freddo del lavandino, *pipperanno* felici. Non sono loro! Questi portano spiccioli, questi servono per tenere alta l'offerta, per tenere stabile il prezzo sul mercato. In questa regione, non sono loro! È il resto che conta davvero.»

Felice si alzò e andò verso i bagni, dopo di lui entrarono tre ragazzi e una ragazza. Restai immobile a guardare il ghiaccio sciogliersi nel mio Martini ormai acqua.

"Il resto che conta davvero", mi ripetevo in testa, quel resto che rappresenta un sistema molto più complesso dove il bianco accomuna due materie così distanti tra loro: coca e cemento.

La prima, in regime di monopolio della 'ndrangheta che ne è diventata la sola a distribuirla sul territorio nazionale. Dal Messico al Porto di Gioia Tauro, dalla Calabria alla movida milanese, per approdare nelle discoteche della regione Emilia-Romagna.

Un sistema di spaccio diverso dal solito, dove il distributore ne è anche il venditore, troppo rischioso. La 'ndrangheta agisce e si muove in stretto contatto con i Narcos in Colombia, vestono i panni di distributori per gli uomini dei Los Zetas e intermediari per le altre organizzazioni criminali italiane: fanno pochi passi, giusti e ben retribuiti.

Sono gli unici ad avere un rapporto uno a uno con i Colombiani. Miliardi di euro fatturati da riciclare in fretta, sul territorio, attraverso l'edilizia e il gioco d'azzardo. Questo conta davvero, di come da una sniffata di tre ragazzini in un cesso di un locale si possa arrivare a conoscere nomi, volti e cifre di un mercato nazionale che fattura oltre i trenta miliardi di euro.

Un mercato che in Emilia-Romagna non é nato oggi, ma che ha avuto inizio negli anni '80, quando uno degli uomini di fiducia della 'ndrina Romeo di San Luca, Francesco Fonti, oggi diventato collaboratore di giustizia, fu mandato a Bologna a gestire gli interessi della cosca. Francesco Fonti non fu né il primo né l'unico.

Per conto della famiglia Mancuso di Limbadi a Bologna, i traffici della coca e il riciclaggio del denaro erano compito di Vincenzo Barbieri, ai domiciliari in una camera del'Hotel Baglioni di Via Indipendenza e Francesco Ventrici, colui che voleva far arrivare a Bologna uno dei più grossi carichi di cocaina: millecinquecento chili di polvere pura nascoste in cinquanta casse nella stiva di un aereo privato che sarebbero dovute atterrare in Slovenia per poi, attraverso dei camion, approdare a Bologna e invadere i vicoli del centro storico e le piste dei locali della movida.

I Mancuso, grazie al lavoro dei due uomini di fiducia, dal 2001 al 2011 sono riusciti a creare una rete legale di rapporti affidandosi a figure professionali del territorio come imprenditori, commercianti, direttori di banche, ragionieri e commercialisti con i quali fare affari o addirittura cercare prestanomi per le loro attività di riciclaggio come nel caso della società immobiliare *Futur Program* legata alla *Gabetti* e intestata al bolognese Andrea Di Muro.

«Dimmi da dove è partito tutto questo?», mi chiese Felice, sorseggiando tutto di un sorso il mio Martini. Era visibilmente tirato, aveva fatto compagnia ai suoi clienti e mi infastidiva molto il suo strofinarsi le mani sulle ginocchia ma soprattutto lo stringere dei denti sulle labbra. Stringeva forte, si finisce spesso per stringere fino al sangue perché non senti dolore e ti sembra di masticare un chewingum.

«Hai ragione tu, io non sono come gli altri. Io la droga la conosco. Ho tirato, e so come ti senti ora, so cosa ti senti in gola, so che ora ti potrei ficcare un coltello nel palato e non farti sentire dolore. Io la droga la conosco perché l'ho tirata, fumata, iniettata per sballo, per gioco, potere, sesso, divertimento, trasgressione, abbandono. La conosco la droga che tu vendi, tiri, tagli, perché mi ha aperto ferite che forse non si risaneranno mai: mi ha strappato amici, mi ha ucciso un cugino. Mi ha tolto un padre nei miei anni migliori.

Io la droga la conosco, sei tu che fai finta di non conoscerla. Perché chiedi di parlare con me, pur sapendo che queste parole finiranno dentro un libro in cui ci sarai tu, questo locale, i tuoi nuovi e i tuoi vecchi capi? Perché chiedi di parlare con me pur sapendo che per mestiere io le storie le racconto, non me le tengo in un cassetto?

Perché sei convinto che raccontare la vita di merda che vivi possa farti sentire utile allo scrittore impegnato che ha bisogno di riempire le pagine del suo terzo capitolo! Ma fattelo dire, come se fossi un fratello maggiore: stai sbagliando tutto. Usi parole che non sono tue. So distinguere tra un criminale e un ragazzo genuino di montagna. Hai già rischiato una volta di farti del male, non ricaderci. Perché, visto che ti piace raccontare storie, sappi che in una bara, al freddo mentre i vermi ti mangiano, non lo puoi fare.

Ritorna sul pianeta terra, e ricorda che c'è vita su Marte ma non c'è amore, non esiste solidarietà, non ci sono persone che ti possono ascoltare, stendere una mano e aiutarti a ripartire da zero.

Hai già rischiato una volta, credo che sia arrivato il momento di smetterla. Esci da questo giro e non venirmi a raccontare che non c'è altro da fare in questa città. Non venirmi a raccontare che non sai fare altro che spacciare. Non venirmi a raccontare minchiate. Felice, non raccontarmi minchiate.

Torna sul pianeta Terra. Non rimanere su Marte!»

REGGIO BRUCIA

Arrivai a Bibbiano che erano appena passate le dieci.

Ad aspettarmi, in Via Sacco e Vanzetti c'erano Elia, Riccardo, Federico e Gianluigi: giovani studenti che nel 2008 hanno fondato *Cortocircuito,* un giornalino studentesco e che, assieme a Nuccia, Francesco, Francesca, Luca, Gabriele, Marco, Matteo, Valentina, hanno cominciato un cammino di conoscenza e lotta alle mafie sul loro territorio.

Li avevo incontrati per la prima volta in una scuola superiore reggiana dove ero stato invitato per parlare di Giancarlo Siani, ucciso a Napoli il 23 settembre del 1985. Ai ragazzi che seguivano attenti le mie parole raccontai la storia del giovane cronista ucciso dalla camorra perché aveva voluto fare il *giornalista/giornalista.*

Una mattina in cui sentivo di aver ricevuto più di quanto avessi dato anche perché era stata l'occasione per conoscere i ragazzi di Cortocircuito che da subito mi parvero decisi a capire quale fosse la potenziale forza del giornalismo. Determinati nel voler sollecitare l'interesse dei reggiani sui rischi di una comunità che sottovaluta il fenomeno 'ndrangheta.

Quella mattina non raccontai solo la storia di Giancarlo Siani, ma parlai di me, della mia storia, la storia di giovane ragazzo cresciuto in un quartiere difficile di Napoli, a stretto contatto con la criminalità, dentro e fuori le mura domestiche perché figlio di un affiliato a un clan camorristico e cugino di una donna mafia che aveva segnato la storia del crimine nel quartiere. Parlai a lungo, con la voglia di trasmettere ai giovani presenti che esiste un'altra Napoli e testimoniare che, anche in una metropoli con problemi come la mia, esiste la possibilità di poter scegliere da che parte stare. Raccontai i timori, la sofferenza ed infine la soddisfazione di essere riuscito a liberarmi da una situazione che non avevo scelto e che non volevo condividere. Un percorso faticoso lungo il quale capii sulla mia pelle che dalla melma si poteva uscire, ma contando solo sulle proprie forze lasciandosi alle spalle il recinto dove si è vissuto per anni con gli stessi maiali, cresciuto con la convinzione di aver visto tutto nella vita, con quella presunzione che *gli altri* non possono capire, di cui *gli altri* non possono parlare perché tutto il crimine che si incontra fuori dal proprio quartiere, fuori dalla propria città, non sia nulla a confronto di ciò che si è visto in casa propria.

Quella mattina, parlando a quei ragazzi, sentii crescere la mia convinzione che l'antimafia deve guardare oltre il proprio ombelico: nessuno può pensare di avere l'esclusiva della lotta alla criminalità. È tempo di guardare al nord la realtà del rischio mafioso con gli stessi occhi, gli stessi sguardi di come da decenni la guarda il sud e scoprire che in giro per le città emiliane non è difficile incontrare le stesse facce e leggere gli stessi nomi, degli stessi camorristi e 'ndranghetisti che incontriamo lungo il nostro viaggio legale.

Negli occhi di Elia, Riccardo, Gianluigi, Federico, tra le pagine dei loro appunti, vidi la volontà di un gruppo di giovani che non si sentivano né esclusi, né titolari di un'esclusiva. Pronti a crescere come cittadini, ancor prima di essere giornalisti, pronti a raccogliere nomi, dati e cifre per convincermi che era necessario indagare, leggere correttamente la realtà e poi raccontare nelle scuole una 'ndrangheta non diversa da quella radicata da Lagonegro in giù, percorrendo l'intera Salerno-Reggio Calabria.

Raccontare la mafia "a marchio reggiano", riconosciuta quasi con un prodotto a marchio D.O.P di origine protetta dall'indifferenza di una parte di emiliani che non vogliono proprio ammettere il fallimento di un'idea che, per decenni, li aveva fatti sentire protetti dagli "anticorpi" frutto di un'importante storia di lotta e di liberazione. Profondamente e ingenuamente convinti che mai il fenomeno mafioso avrebbe potuto violare il loro territorio, la loro comunità. Ma arroccarsi alla propria storia non è stato sufficiente a resistere, a respingere i tanti mafiosi che *bussavano alla porta* e difenderli da quegli emiliani che sceglievano di *aprire quella porta*.

Una comunità che lentamente, ma inesorabilmente, si è ammalata di mafia, una malattia che non ha un solo responsabile, non solo il criminale che porta dalla sua terra d'origine l'agente patogeno che *infetta gli altri*, ma che ha molti responsabili, dal singolo cittadino che sottovaluta la pericolosità dell'infiltrazione mafiosa, da una classe politica miope e troppo tesa a difendere il virtuoso modello economico e culturale che da anni contraddistingue larga parte del centro nord.

Sono questi ragazzi, tornati a Reggio Emilia, dopo un viaggio nella Locride, sono ritornaticon la voglia di conoscere, raccontare, difendersi e resistere. E per farlo da subito hanno studiato, indagato i fenomeni, rischiando anche sulla propria pelle di essere considerati *ragazzini* troppo invadenti, infastidendo il nemico della porta accanto: la 'ndrangheta che come nebbia circonda le campagne avvicinandosi, con lentezza e indisturbatamente, verso il centro. Spara poco, investe tanto, crea economia e nello stesso tempo, ne vuole essere l'unica padrona assoluta. L'unica a dettarne le leggi. Un'economia gestita da pochi nomi e per poche famiglie: Dragone, Nicoscia, Grande Aracri, Muto. Famiglie che da Cutro hanno risalito l'intero stivale per raggiungere la città rossa. Imprenditori dalle mani di gomma, morbide, sulle quali hanno poggiato il sedere imprenditori locali, politici o singoli commercianti.

Ci hanno fatto credere per anni che è stata colpa dell'immigrazione degli anni '50, che è stata colpa del miracolo italiano e dei soggiorni obbligati dei mafiosi al nord mentre bisogna convincersi che in una regione a forte sviluppo economico la classe dirigente sarà sempre, e comunque, messa davanti alla legalità. Non ci sono scusanti se le mafie si impossessano dell'intero territorio. Non ci sono scusanti quando questa economia ciba poche persone e ne intossica, avvelena e uccide tante altre.

Il territorio emiliano, da Modena a Piacenza, non è mai stato invulnerabile tanto più non è un territorio sotto attacco. Le mafie attaccano chi le contrasta e non chi apre loro la strada. E questo le due 'ndrine cutresi dei Dragone e dei

Grande Aracri lo hanno sempre capito, al punto che negli anni '80 una parte della cosca emigra dalla Calabria e approda nella provincia reggiana.

I primi due nomi di spicco che si insediarono, furono Antonio Dragone, mandato in Emilia a Montecavolo, frazione di Quattro Castella per mezzo di un soggiorno obbligato e Nicolino Grande Aracri che si trasferì con la famiglia a Brescello. Ci misero piede attorno agli inizi degli anni '80. Entrarono in regione come alleati ma poi, alla fine degli anni '90, influenzati da una lotta interna i loro equilibri vennero a mancare: la famiglia dei Dragone si alleò con le famiglie Mannolo e Arena di Capo Rizzuto mentre Nicolino, detto *Manuzza* si alleò con Nicoscia.

Giù al sud si sparava e non si faceva di meno su al nord. Una scia di sangue all'odore di piombo, da Cutro a Reggio, ha macchiato per più di dieci anni la Via Emilia: Nicola Vasapollo, imprenditore, titolare della ditta *Vasapollo* vicino alla famiglia Grande Aracri, venne ucciso nel suo appartamento mentre si trovava agli arresti domiciliari. Per riposta all'omicidio di Vasapollo fu fatto saltare in aria il bar *Pendolino* meglio conosciuto come il bar dei calabresi. Vasapollo non fu né il primo né l'ultimo: Giuseppe Abramo, un ragazzo vicino ai Dragone, venne ucciso la sera del 8 dicembre del 1998.

Arrivai in Via Sacco e Vanzetti che Federico era già con la telecamera in azione per riprendere il capannone che alcuni giorni prima, il 27 giugno 2013, era stato colpito da un incendio. Si muoveva con cautela e cercava di non farsi notare dai proprietari dell'azienda in questione: *Costruzioni Anpa,* già colpita in passato da altri attentati. Questo non poteva essere considerato come il solito fuoco da autocombustione di cui spesso i giornali locali parlavano nei loro articoli dopo ogni incendio. In particolare il giovane proprietario della ditta Antonio Blasco, ormai da mesi stato preso di mira da attentanti. Antonio è figlio di Gaetano Blasco, idraulico, nome che nel 2001 fu accostato all'operazione *Scacco matto* nei confronti della 'ndrina dei Nicoscia e nipote di Salvatore Blasco, vittima di faida nel crotonese.

Non arrivai in via Sacco e Vanzetti con l'intenzione di spulciare nella vita della famiglia Blasco, per capirne le vittime e i carnefici, ma ero curioso di conoscere le dinamiche mafiose di alcune famiglie calabresi residenti sul territorio e di come un'intera cittadina possa continuare a far finta di nulla. Il rogo della *Costruzioni Anpa* è stato per me un punto di partenza. Così era stato per Elèna, la prostituta rumena, come per Nicoletta con la sua storia personale e per Elia e i ragazzi di *Cortocircuito.*

Partire da Via Sacco e Vanzetti a Bibbiano per raggiungere il centro e chiedersi come sia possibile che in una città come Reggio, motore dell'intera economia emiliana, si faccia ancora fatica a pronunciare la parola mafia, la parola 'ndrangheta. Come sia possibile che in una terra dove tutti parlano orgogliosi di una della resistenza - *noi abbiamo liberato l'Italia dai Nazifascisti, la mafia non ci fa paura, non la faremo mai entrare* - mi aveva urlato un vecchio in un bar di Gualtieri, mi ritrovo a tavola con Elia e i ragazzi del giornale, a contare venticinque attentati ai danni di aziende edili, costruttori, operai e imprenditori, avvenuti nel reggiano dal novembre 2012 a giugno 2013.

«La 'ndrangheta non c'entra. Sono solo ragazzate», mi aveva urlato il vecchietto di Gualtieri. Stessa risposta che anni prima diede l'imprenditore Alfonso Lombardo che approdato a Reggio Emilia, gli avevano dato il benvenuto appiccando del fuoco al bar dei figli *il River*, un attentato firmato dagli Arena. Vennero arrestati come mandanti ed esecutori Nicola Sarcone, Carmine Arena, Marcello e Ottavio Muto, Vincenzo Niutta e anche quella volta, l'imprenditore dichiarò: «Sono clienti del bar. Siamo amici. Quelle fiamme sono solo ragazzate.»

«Quante volte abbiamo sentito questa frase», mi disse Elia mentre prendeva dalla sua borsa una lunga lista di date, nomi delle ditte e tipologia degli incendi. La lista di fuoco, la chiamano i ragazzi, e cominciò a leggerla come si fa con la lista della spesa.

«Rogo a Reggiolo. 7 novembre 2012. Nove camion alle fiamme della ditta *Bonifazio Trasporti* con sede legale a Cutro. 19 novembre. Codemondo brucia un furgone della *Cefm Srl,* impresa edile dei fratelli crotonesi Muto. La notte tra il 6 e 7 gennaio è un autocarro a Zurco di Cadelbosco Sopra a prendere fuoco, il proprietario è un muratore campano 35enne, Carmine Santoriello; insieme ad altre due auto parcheggiate di fianco.

Domenica 27 gennaio a Pieve Modolena va a fuoco il Range Rover guidato dal ventenne Antonio Blasco. Fra il 29 e il 30 gennaio viene data alle fiamme la jeep di proprietà dell'idraulico crotonese e residente a Reggio Marco Anversa, nel parcheggio del cinema *Emiro* di Rubiera.

Un paio di mesi dopo, all'alba del 3 Marzo, va a fuoco il Locale *Amnesi a Lounge bar,* quattro pompieri feriti nel tentare di spegnere le fiamme. Nel 2002 lo stesso pub era già andato a fuoco. Secondo le indagini di allora, dietro il rogo ci sarebbe stata la mano della 'ndrangheta.»

«Il problema però non si ferma qua - intervenne Riccardo - non raccontiamoci la favola della lite tra terroni. Perché anche questo si dice in giro. Che sono questioni tra meridionali. Questi gesti sono la goccia che fa traboccare il vaso. Non si fanno saltare in aria capannoni, auto, uffici, furgoni con questo ritmo senza una scusante buona. Tutti fanno finta di non capire: l'attentano è l'ultimo gesto, quello estremo, che la 'ndrangheta fa sul nostro territorio per affermare la sua potenza. Guarda, leggi questo mio appunto.»

Elia mi lanciò il suo taccuino pieno di nomi e cifre.

La pagina era divisa in due colonne: tangenziale di Novellara da un lato e TAV (treno ad alta velocità) dall'altra.

«Per queste due imponenti e costose opere, secondo le indagini, la criminalità organizzata sarebbe stata presente per anni. Ci sono voluti più di dieci anni per concluderle e in tutto questo tempo si è parlato solo di uno sporadico passaggio di alcune famiglie calabresi allontanate subito dai lavori. Ma è evidente che i fatti non siano solo questi.»

Le indagini, *Caronte* e *Pastoia* le operazioni *Pandora* e *Scacco Matto,* le dichiarazioni del pentito Salvatore Cortese parlano di altro.

Ci dicono che la *Bacchi Spa*, di Boretto, specializzata nell'estrazione delle sabbie del Po nel 2011, vinse la gara d'appalto per la costruzione di un ultimo tratto della Tangenziale di Novellara ma ancor prima di finire i lavori ricevette dal prefetto Antonella De Miro un'interdittiva antimafia per "sussistenza del pericolo di infiltrazioni mafiose". L'azienda urlò all'attacco ingiustificato, la politica vide in quello stop quasi una minaccia per l'economia della città eppure gli elementi erano tutti a favore del prefetto Antonella De Miro, appena arrivata a Reggio Emilia. Nel cantiere ci lavorava l'operaio Foro Vito Giuliano, cutrese con precedenti. Arrestato per usura e riciclaggio fu assunto dalla ditta appaltatrice *Tre Emme*, per conto della Bacchi Spa. La ditta *Tre Emme* è del cognato Mattace Domenico, figlio di Francesco, uomo vicino alla famiglia dei Grandi Aracri. La *Bacchi Spa*, dopo la prima interdittiva, per ostacolare le leggi antimafia divise il subappalto in due: nelle casse della *Tre Emme* arrivarono all'incirca centotrenta mila euro mentre, sempre per restare in famiglia, al fratello di Domenico, Gennaro, titolare del *Consorzio M2*, gli furono versati cinquanta mila euro.

«Reggio Emilia, negli ultimi dieci anni, è comparsa in diverse operazioni antimafia a livello nazionale. Leggiamo di queste inchieste sui giornali nazionali, ma qui è come se non fosse successo niente.»

Ascoltavo con attenzione Elia, il suo entusiasmo, la sua precisione dell'espormi i dati e fatti mi coinvolse a tal punto da restare in silenzio ad ascoltarlo.

«Il cantiere TAV della stazione della Mediopadana di Reggio Emilia doveva costare non più di trentotto milioni di euro ma è lievitato toccando il costo di oltre settantanove milioni di euro – continuò Elia mentre sorseggiava dell'acqua – L'amministrazione comunale ha dichiarato che le nostre cifre sono sbagliate eppure le delibere comunali, che abbiamo pubblicato, confermano i nostri dati.»

«Che dicano pure che siamo solo ragazzini che vogliono giocare a fare gli eroi ma la verità è che loro sono convinti che un gruppo di studenti non si mettono a perder tempo a chiedere delibere comunali. A fare interviste e raccogliere informazioni per tutta Reggio Emilia e Provincia», mi fece notare Riccardo.

«A rischiare di essere accoppati da qualche operaio infuriato che ti rincorre con una mazza tra le mani perché ti vuole spaccare la camera», replicò Federico.

«Noi stiamo cercando di fare il nostro dovere di cittadini. Cercando di informare e sensibilizzare sui nomi, i cognomi, i dati, i numeri e i fatti della criminalità organizzata a Reggio Emilia», chiuse Elia quella breve e intensa discussione al tavolo di un bar del centro.

Li ringraziai per tutte le informazioni di cui avevo intuito l'importanza, avevo bisogno di incontrare i ragazzi di Cortocircuito e conoscere i loro dati. Ragazzi che, a differenza di altri loro coetanei, viaggiavano su altre velocità.

Li salutai con un lungo abbraccio. Mi misi in viaggio verso Bologna, imboccai l'autostrada direzione sud. Vidi da lontano, altezza Appennini, del fuoco illuminare un casolare, volevo chiamare i ragazzi e avvisarli ma pensai di lasciarli un po' riposare. L'autostrada era deserta, la percorrevo piano, decisi di fermarmi al primo autogrill, avevo bisogno di un caffè. Presi un pacco di biscotti, girovagai, pensieroso tra gli scaffali alla ricerca del niente. Uscii, raggiunsi l'auto, mi fermai a guardare verso il buio, verso Reggio. Ad un tratto sentii l'esigenza di scrivere subito di quella sera, affidare alla parola scritta le prime impressioni, raccontare i primi colori, le prime immagini. Presi il mio taccuino, tolsi il tappo dalla penna, e cominciai a farlo nel bel mezzo di un parcheggio deserto di un Autogrill della A1.

Brucerai Reggio, brucerai tutta. Brucerai nel silenzio e nell'indifferenza del reggiano, bianco o nero che sia, emigrato o no dal profondo sud. Bruceranno le strade, le piazze, i tetti delle case e i capannoni. Bruceranno le auto, i tir, i treni e le stazioni. Bruceranno interi palazzoni disabitati, i conti in banca delle aziende. Bruceranno i posti di lavoro.

L'aria acre non colpirà i sonni dei reggiani, non arriverà ai loro nasi e così la città brucerà in silenzio. La faranno bruciare in silenzio.

Bruceranno i portici, gli alberi del parco del Popolo. Brucerà l'anima del centro, brucerà la periferia. Brucerai Reggio, brucerai tutta.

Da lontano ti osserverò bruciare, ma tu non ti lamenterai, non ti difenderai. Ti brucerai, ti scioglierai eppure tu non farai un minimo gesto per difenderti. Lo faranno per te i giovani, come Elia, Riccardo, Gianluca e Federico, che dalle piazze urleranno la parola 'ndrangheta.

Giovani che non amano bisbigliarla questa parola ma urlarla a squarciagola. Saranno giovani che domeranno i fuochi, eppure non saranno mai pompieri. Educheranno i cittadini, eppure non saranno mai sindaci. Resteranno curiosi studenti, abili operai, precisi impiegati che hanno riconosciuto la mafia ancor prima di te, Reggio.

E mentre tu brucerai, senza forza e senza coraggio, loro non smetteranno mai di difenderti, di proteggerti. Non smetteranno mai di risanare quelle ferite sul tuo corpo che tu stessa fai finta di non vedere.

Brucerai Reggio, brucerai tutta. Brucerà l'Emilia.

Qualche settimana successiva al mio incontro, i ragazzi di Cortocircuito hanno avviato un'inchiesta video sui roghi dolosi che da mesi colpiscono le aziende reggiane. Durante un sopralluogo in un cantiere colpito da un incendio la notte del 30 luglio 2013 un operaio della ditta Costruzioni GB di Gaetano Blasco ha colpito le attrezzature e minacciato i ragazzi: "se vedo qualcosa sui giornali ti vengo a prendere fino a casa". Dopo spintoni e minacce i ragazzi hanno lasciato il cantiere pedinati dagli operai che gli stavano dietro con un furgone della ditta e non hanno mai smesso di denunciare e diffondere i video.

IMMIGRATO CRIMINALE

"Prima o poi qualcuno di noi verrà ammazzato
ed allora ci si accorgerà che esistiamo".
(Jerry Essan Masslo)

Di rientro a Bologna, ad altezza Modena Nord, mi squillò il telefono. Sul display comparve la scritta *"anonimo"*. Pensai: "Sono le 03:00 del mattino, chi mi cerca a quest'ora?"; dall'altra parte della cornetta una voce stridula, quasi da bambina, mi chiese.

«Alessandro.»

«Si, con chi parlo?»

«Sono Cai-yan.»

«Cai-yan? Non ci credo…ma dove sei?»

«A Modena, vivo a Cavezzo.»

Cay-ian è una ragazza che conobbi durante i miei primi anni di Università a Bologna. Lavorava in una rosticceria cinese, di proprietà dello zio, a pochi passi da casa mia, di quelle economiche, aperte fino a tarda notte. Ero tra i suoi clienti fissi, comprare da lei era divertente.

Solare e chiacchierona, Cay-ian era l'opposto di quel che noi crediamo del popolo cinese: chiuso e poco integrato. Passavo i pomeriggi a discutere di come avrei potuto fare dei buoni involtini primavera per mia moglie oppure quale tipo di riso, prelibato, usassero per i loro piatti. Un giorno le dissi: «tu mi insegni a fare gli involtini ed io ti insegno a fare la parmigiana.»

«Alessà! Ci sto.»

Ma il mattino seguente non la trovai. Sparì nel nulla. Senza nessun preavviso. Provai, invano, a contattarla sul suo numero di cellulare ma era sempre staccato.

«Ma che fine hai fatto?», le dissi mentre accostai l'auto in un'area di sosta.

«Vivo a Cavezzo, a Modena.»

«A Cavezzo? E che fai? Hai aperto una nuova rosticceria e non mi hai fatto sapere niente? Guarda che mi offendo se è così.»

«No, la rosticceria non c'entra. Tu sei ancora fissato con le mafie?»

«Le mafie? Sì, perché?»

«Quando ci possiamo vedere? Vieni a trovarmi una di queste sere. Io resto a Cavezzo per qualche giorno, poi devo partire per lavoro.»

Guardai il display sotto il contachilometri: erano le ore 03:30 e mancavano pochi chilometri all'uscita Modena sud. Ero distante meno di venti minuti da Cai-yan e la curiosità di ascoltarla era tanta.

«Ora sei libera?»

«Ora? Ma sono le…»

«Sì, lo so, sono le 03:30 ma se mi dici che sei libera in meno di venti minuti sarò da te. Dimmi dove.»

Ci pensò per pochi secondi, dall'altra parte della cornetta la sentivo sospirare.

«Ok. Sulla strada provinciale 5, angolo via I maggio. Appena vedi una Punto bianca lampeggia, io parto e tu mi segui.»

«Ok, arrivo.»

Rimisi la prima e partii di corsa alla volta di Cavezzo.

La Punto era parcheggiata sul ciglio della strada, vi lampeggiai, per un secondo; dallo specchietto dell'auto, vidi il sorriso di Cai-yan.

Partimmo, imboccammo via Sant'Anna, per circa due chilometri, dopo di che svoltammo in una stradina sferrata che portava diretta ad un casolare. Attorno c'erano solo campi, la luna, particolarmente piena quella notte, illuminava il buio della città.Cai-yan scese dall'auto, salì sulla mia e mi abbracciò, mi strinse a lei. Fu un abbraccio forte.

«Vai lì, dietro a quel casolare, ficcati tra quei due camion», mi indicò Cai-yan.

Cominciai a preoccuparmi, mi si leggeva in faccia.

«Qui siamo tranquilli», mi disse come per rassicurarmi.

Spensi l'auto, spensi i fari.

«Ora mi spieghi perché questa telefonata dopo circa cinque anni, ma soprattutto perché a quest'ora?»

«Ti trovo bene.»

«Anche tu, ma non è questa la risposta che mi devi.»

«Ti ho visto in tv. Ho visto che ora scrivi, sapevo che con la storia della mafia avresti fatto successo. Certo potevi sceglierti un altro lavoro, sempre a puntare il dito sugli altri. Ho sentito che stai scrivendo un libro.»

«Sì, ma cosa c'entra questo con il fatto che siamo finiti per nasconderci nel bel mezzo di una campagna terremotata?»

«Io so molte cose su certi miei connazionali. Voglio raccontarti la mia storia.»

«La tua storia?»

«Sì. Mica sei solo tu che hai storie da film americano in casa? Solito napoletano, presuntuoso ed egocentrico!»

Cai-yan è così, schietta e sincera, se ha da dirti qualcosa non ci pensa mai due volte.

Sapevo che aveva lasciato Bologna per raggiungere la famiglia a Cavezzo, ma da come esordì non fu questa la ragione del suo trasferimento.

«A Bologna ci misi piede pochi mesi prima di conoscerti. Mio padre mi obbligò a lasciare Modena. Aveva un bar a pochi passi dalla stazione, era spesso frequentato da connazionali. Vendeva pochi caffè, i cornetti facevano davvero schifo, gli chiedevo sempre perché non si impegnasse a lavorare bene, a corteggiarsi i clienti, ma lui diceva che non gli interessavano i clienti.

Non entrava mai nessuno nel locale, solo cinesi. Ragazzi di tutte le età che papà spesso faceva andare nel retro del locale dove aveva il magazzino. Un giorno, curiosa di cosa ci fosse dietro quella porta, decisi di aprirla e scoprii decine e decine di ragazzi giocare a carte, giocare con i dadi, c'erano anche delle macchinette elettroniche. Uno di loro, Xia-ngan, mi venne vicino e mi diede uno schiaffo davanti a mio padre, dicendomi che non mi dovevo più permettere di sbirciare nei fatti altrui. Io gli risposi che quello era il bar di mio padre e quindi anche il mio e forse era lui che era un tipo di troppo. Mio padre mi prese per un braccio, mi portò in bagno e mi rimproverò di parlare troppo, di non voler bene alla famiglia e di mettere tutti in pericolo con il gesto che avevo fatto.

Il mattino seguente mi mise sul primo treno per Bologna e mi mandò da mio zio a lavorare. Per un anno non mi rivolse più la parola, un giorno mi chiamò e mi chiese di ritornare a casa. Ero felice per quella decisione, finalmente potevo riabbracciare la mia famiglia. Potevo riabbracciare mia madre, mia sorella ma soprattutto potevo riabbracciare lui.

Quando scesi dal treno la prima cosa che feci fu di correre nel nostro bar, sentire quel profumo orribile di cannella di quei cornetti schifosi, ma quando aprii la porta ed entrai mio padre non c'era. Chiesi alla signora, dove fosse e mi disse che il bar non era più il suo e che non sapeva che fine avesse fatto. Mi precipitai a casa e lo trovai sul divano, pieno di lividi. Gli chiesi cosa fosse successo, ma non aveva le forze per parlare. Chiesi a mia madre e mi disse che mio padre rilevò quel bar grazie ad un debito che gli fece Xia-ngan e non potendo più ripagarlo fu obbligato a ospitare le sue bische clandestine nel retro. Poi un giorno Xia-ngan decise di lasciare il bar e di spostare la bisca in un altro luogo e pretese da mio padre i soldi con gli arretrati mai pagati. Mio padre era convinto che ospitare Xia-ngan, e i suoi uomini, gli avrebbe portato a estinguere il debito per questo non gli è mai importato nulla del bar e dei clienti, per lui l'importante era accontentare quei vermi. Ma non fu così. Non sapendo come pagare ha dovuto cedere il bar a loro.»

Non avevo mai visto prima di quella sera Cai-yan piangere. Nel piangere abbassò la testa, le intravidi un livido, grosso, che le prendeva tutta la nuca.

«Cai-yan, cosa è questo livido?»

«Sono stati loro. Ieri sera.»

«Loro chi? Gli uomini di Xia-ngan?»

«Si. Loro.»

«Perché?»

«Il bar non è stato l'unica cosa che si sono presi da mio padre. L'unica cosa che hanno tolto a mia madre.»

Capii subito che c'entrava lei. Mi salì un fastidio alla bocca dello stomaco, provai un senso di vomito che tutt'ora, al ricordo di quella sera, riprovo.

«Ti prego, non dirmi che sei finita nelle loro mani.»

«Volevano mia sorella, volevano lei. La più piccola. Non glielo potevo permettere. Lei va a scuola, si è ambientata, vive bene a Modena, ha un sacco di amici, ha pure un fidanzato italiano, non potevo lasciarla andare. Mi sono offerta io.»

«Ti prostituisci Cai-yan?»

«Lo faccio da anni in un appartamento di Reggio Emilia. I miei clienti sono solo connazionali. Per un periodo venivo anche a Bologna, in un centro estetico a pochi passi da Piazza dell'Unità, ma poi, da quando Xia-ngan ha aperto questa fabbrica tessile qui a Cavezzo, mi hanno spostata a Reggio. La mattina lavoro in fabbrica e la sera in casa a Reggio. Siamo in cinquanta in questa fabbrica, ci sono anche dieci bambini. Anche loro lavorano.»

Scesi dall'auto, avevo bisogno di prendere a cazzotti qualcosa, qualcuno. Mi allontanai, ero teso, ansioso, volevo aiutare Cai-yan ma non sapevo come. Guardavo i suoi occhi e volevo sciogliermi, volevo polverizzarmi, farmi spazzare via dal vento. Cai-yan scese anche lei dall'auto, si avvicinò a me e mi disse, con gli occhi imbarazzati, come se si sentisse colpevole per qualcosa.

«Scusa, non volevo rovinarti la serata.»

«Cai-yan tu non puoi fare questa vita, come non possono farla le altre ragazze.»

«Lo so, per questo ti ho chiamato.»

«Ma io posso solo scriverla questa storia, sta a te denunciare. Altro non posso fare.»

Mi sentivo invulnerabile, mi sentivo inutile, cosa potevo fare se non altro che raccontare la sua storia?

«Infatti, tu questo devi fare. Scrivere. Scrivi sempre, *Alessà!* Non smettere mai di farlo. Racconta sempre quello che ti va. Quello che vedi, che ascolti. Tutti devono sapere che a Reggio Emilia ci sono decine di ragazze sfruttate per conto di uomini come Xia-ngan. Devono sapere che a Modena molti miei connazionali sono vittime di usura e spesso non riuscendo a pagare finiscono per vendersi i figli, e questi figli finiscono in fabbriche della bassa Emilia a cucire, rattoppare, lavare, stirare capi che finiscono tutti sugli scaffali dei grandi magazzini. Non raccontare solo le vostre mafie, ci sono uomini del mio paese che hanno messo su un impero.»

Cai-yan prese una biro dalla sua giacca e mi chiese.

«Hai da scrivere? La porti sempre con te quella Moleskine nera?»

«Si, addirittura ti ricordi della mia Moleskine?»

Mi sorrise Cai-yan, mi sorrise come faceva un tempo. Quel sorriso misto tra malizia e soddisfazione, quel sorriso tutto al femminile spesso lanciato a noi uomini per farci capire che, se pur distratte, le donne, memorizzano ogni piccolo dettaglio.

Quel dettaglio, Cai-yan, lo memorizzò.

«Voglio parlarti della mafia cinese, lo voglio fare ora», mi disse Cai-yan con un tono frettoloso, come se non avesse tempo.

«Sono pronto. Quando vuoi.»

«La struttura criminale della mafia cinese si sviluppa su diversi livelli: si passa dalle bande giovanili, alle organizzazioni criminali vere e proprie, fino ad arrivare alle triadi. Il punto di forza delle Triadi è la struttura famigliare. Una struttura chiusa. Difficilmente un loro componente tradisce l'organizzazione. Si rischierebbe la strage dell'intera famiglia.»

«Di cosa si occupano queste triadi?»

«Principalmente di sfruttamento della manodopera giovanile, contraffazione e sfruttamento della prostituzione. Come ti ho già accennato, siamo costrette a prostituirci solo in casa o nei centri massaggi. Ci vietano di stare in strada. Non è permesso dare il vero nome ai clienti, lasciar loro numeri di telefono. Parlare poco e accontentarlo in fretta.»

«In fabbrica come funziona?»

«Se hai bisogno di lavorare di più puoi chiedere di fare i turni in fabbrica. Io sono fortunata perché ho scelto spontaneamente di farlo, ma ci sono molti ragazzi che ci lavorano perché i genitori, dalla Cina, li hanno venduti alle organizzazioni.»

«C'è chi invece è venuto in Italia perché illuso da qualche altro connazionale di trovare il paradiso?»

«Sono tutti stati illusi. Sì, certo, ci sono poi ragazzi che arrivano nel paese grazie ad un accordo con qualche imprenditore cinese che gli paga il passaporto, gli promette un buon lavoro con vitto e alloggioma ad una sola condizione.»

«Quale?»

«Bisogna restituirgli tutto ciò che lui ha speso per te.»

«In che senso?»

«Passaporto, viaggio, vestiti puliti e ciò che ti darà sul posto. Anche l'aria gli devi pagare a questi bastardi. Sei obbligato a lavorare per ripagarti il costo del tuo trasferimento per almeno due anni. Se decidi di lasciare il lavoro in questo periodo ti chiedono il doppio. Se non vuoi pagare ti vanno a minacciare i genitori fino ai villaggi in Cina.»

«Quanto si guadagna al giorno?»

«Il primo anno cinquanta euro, il secondo settantacinque.»

«Quanto deve restituire un ragazzo al suo sfruttatore?»

«Da un minimo di dieci ad un massimo di diciotto mila.»

«Ma con queste cifre non ne uscirà più dalla schiavitù.»

«Ben venuto nel made in Cina fuori sede.»

«Cosa pensi di fare ora?»

«Ho deciso di denunciare. Ma prima di farlo avevo bisogno di vederti, di raccontarti tutto, avevo bisogno di qualcuno che sapesse prima degli altri.»

«Sei già stata dalla Polizia?»

«Ci andrò in questi giorni. Non è vero che parto per lavoro. Sono settimane che in macchina ho una valigia pronta con il necessario, sono pronta per bussare in Questura e raccontare tutto.»

«Cosa ti sta trattenendo?»

«Mia madre e mio padre sono scappati da un mio zio in Germania. Mia sorella invece è in Francia. Aspetto che mi dicano di stare al sicuro e poi comincio la mia lotta. Voglio mandare in galera questi bastardi.»

«Fai attenzione, Cai-yan.»

«Tu stai tranquillo.»

«Cosa posso fare per aiutarti?»

«Lo stai già facendo. Scrivi, pensa a scrivere di questa sera e non aggiungere altro.»

Mi salutò con un bacio, poi prese da una borsa un origami a forma di gru e me lo poggiò sulle mani.

«La gru è sinonimo d'immortalità. Si narra che il desiderio che esprimi si compie solo se riesci a piegare mille gru. Un tempo, una bambina, colpita dalla leucemia, cominciò a piegare le gru con la speranza di arrivare alla millesima e potersi liberare dalla malattia. Morì ancor prima di piegarle tutte. Anche io in questi mesi ho piegato molte gru, ma non ho espresso desideri, non mi andava, mi andava solo di piegare gru e regalarle alle persone a me care. Questa è la millesima gru. È giusto che la tenga tu. A te, sono sicuro, ti porterà più fortuna.»

Presi l'origami, rimasi senza parole, in silenzio vidi il piccolo corpo di Cai-yan salire sulla sua Punto e andare via.

Vidi la sua auto allontanarsi nel buio della campagna.

Guardai verso l'orizzonte.

Mi sembrava di sentire, da quel silenzio, in lontananza, dei bambini giocare, mi sembrava sentire delle donne ridere e cantare in cinese.

Sentire il rumore delle macchine a vapore e delle lavatrici provenire da lontano.

Tutto a un tratto, Cavezzo si trasformò in una metropoli cinese che non conosce pause, che non conosce silenzi.

Al mattino seguente mi alzai dal letto con un unico pensiero fisso: "chissà cosa starà facendo Cai-yan".

Volevo chiamarla, provai a farle uno squillo ma mi staccò subito il cellulare. Dalla rabbia lo gettai sulla scrivania, e nel fare quel gesto mi accorsi dell'origami regalatomi e mi sembrò di ascoltare dal vivo le sue parole "a te porterà di sicuro più fortuna". Lo presi tra le mani, lo guardai e pensai che forse è così che doveva andare: Cai-yan attendeva me per poter chiudere il suo giro, dare a me il millesimo origami portafortuna. Una fortuna che non ha mai bussato alla sua porta, come troppo spesso, in questo paese, non bussa alle porte dei milioni di immigrati, uomini o donne, neri o gialli, che sperano di poter approdare in Italia e trovare il paradiso ma che invece si ritrovano in un paese dove i loro diritti vengono calpestati, rischiando, di finire schiavi dei propri connazionali come lo erano nel loro paese.

Penso a Cai-yan e mi viene in mente la storia di Nazim, un ragazzo pakistano. Lo conobbi durante i miei primi mesi dopo la laurea, non trovando lavoro, decisi di fare il porta pizza. Lo feci per due anni di seguito, doveva essere un lavoro temporaneo ma alla fine durò più del dovuto.

Nazim lavorava in un'altra pizzeria e spesso ci incontravamo negli androni dei palazzi oppure ci capitava di prendere l'ascensore assieme. Una sera mi raccontò che in Italia ci mise piede nel 2010 grazie ad uno zio della sua fidanzata che lo aspettava in Pakistan. Lo zio gli pagò tutto: passaporto, viaggio e alloggio e gli dava come paga solo quindici euro al giorno. In cambio Nazim non chiese nulla, non chiese cibo, non chiese acqua. Non dava fastidio. Era felice Nazim.

«Lo so, sono pochi, ma io non ho spese, non ho vizi, devo solo lavorare», mi diceva ogni qual volta tentavo di fargli capire che lo sfruttavano.

Nazim consegnava solo pizze e voleva fare solo quello in Italia:

«Io tra quattro anni raggiungo la mia fidanzata e ci sposiamo», mi diceva mentre ci gustavamo la margherita al tonno dopo il turno.

Nel suo paese, non ci è mai più tornato: una notte, dal rientro al lavoro, un Suv, un Fiat Freemont, passò con il rosso e lo prese in pieno. Alla guida c'era una ragazzina di appena diciotto anni, da soli tre mesi patentata.

Pensai a lui quella mattina, ai suoi quindici euro al giorno, allo zio della fidanzata che aveva dieci appartamenti a Bologna, una dozzina di pizzerie e una ventina di ragazzi tutti sottopagati. Pensai a come spesso per noi un immigrato è solo un problema e nel caso dovessimo scoprire che lo zio che sfruttava Nazim aveva una vera e propria organizzazione criminale e che, qualche mese dopo la sua morte, è stato arrestato nell'occasione dell'operazione "International pizza travel", dedita allo sfruttamento di manodopera dal Pakistan, finiremmo per dire ai nostri figli la solita e scontata frase da italiani provinciali: «Sono criminali, questi immigrati sono criminali. Bisogna cacciarli.»

Come se gli unici criminali in questo paese avessero gli occhi a mandorla o la pelle scura.

COSI' PER CASO

L'incontro con Cai-yan e il ricordo di Nazim, mi fecero venire in mente le parole, rilasciate qualche mese prima in un'intervista, da Padre Boschini, prete minacciato dalla camorra.

«Le attività criminali si radicano sul nostro bisogno di sicurezza, paradossalmente: più noi costruiamo una città sicura e sorvegliata più facciamo il gioco dell'illegalità, perché dietro alla sorveglianza e alla sicurezza c'è la paura dell'individualismo. Invece la cultura dell'ospitalità è una cultura che crea legami, legami tra estranei e non tra persone che si conoscono. E le nostre città, quando nascono legami fra estranei, diventano più umane, più fraterne, più partecipate.»

Io e Giulia decidemmo di avvicinarci al parroco di Modena dopo aver letto su un giornale le minacce indirizzategli durante una mostra fotografica su Scampia che allestì, assieme al giovane fotografo Davide Cerullo, nella sua chiesa. Ci incontrammo alla facoltà teologica di Bologna, in una fresca e accogliente sala riunioni. Non ci fu bisogno di fare domande a Padre Boschini, fece tutto da solo, partendo da quella domenica pomeriggio che rientrando in chiesa, dopo pranzo, si accorse che qualcosa, per lui e per i suoi fedeli, stava per cambiare.

«La mia storia è una storia casuale, di uno che è inciampato in queste tematiche senza volerlo. Penso di essere un po' fuori luogo rispetto a gente che si è messa spontaneamente, per una scelta familiare o civile, a lottare per la legalità. Nella mia parrocchia tutti gli anni, nell'occasione della settimana santa, si cerca di allestire un evento o altro che possa attualizzare il messaggio di Gesù e della sua passione. Nel 2011 decisi di invitare Davide Cerullo, amico di vecchia data, ad esporre, in chiesa, una sua mostra sui bambini di Scampia. Davide è da sempre legato a quel territorio, ci è nato, ha vissuto di persona, sulla sua pelle, da ragazzino, cosa significa vivere quotidianamente a stretto contatto con dinamiche mafiose. Allestimmo una mostra in chiesa di ben trentasei pannelli fotografici. Mi capita spesso, durante le mie omelie, di dialogare con i fedeli e di invitarli a dialogare tra di loro. Quella volta invitai sull'altare Davide per un lungo dialogo chiedendogli di scegliere sei pannelli a caso e di raccontarceli. La settimana seguente, rientrando in chiesa subito dopo pranzo, mi accorsi che alcuni di questi pannelli erano stati sfregiati. E chirurgicamente erano stati sfregiati, quei sei che noi avevamo commentato, quindi, praticamente, chi era presente alla messa delle palme alle 11 della domenica precedente, si ricordava, con una memoria fotografica invidiabilissima, di che cosa avevamo parlato, su quali pannelli ci eravamo soffermati e che su uno di questi era stato fatto un segno diverso quasi a commento, con uno spray grigio argento.»

«Cosa fece lì per lì?»

«Chiamai subito Davide raccontandogli cosa fosse successo.»

«Che gli disse?»

«Mi rispose che mi dovevo indignare davanti a tutto ciò. Non fu certo facile metabolizzare quel gesto, quel messaggio, per me non era così facile. E non lo è tutt'ora. Decisi di rendere partecipe la comunità e quindi comunicare a loro l'accaduto. Decisi che era giusto dialogare, confrontarmi con chi da sempre mi è accanto, evitando anche letture dei fatti affrettate. La sera di quel sabato santo c'era la veglia pasquale e decisi di prendere i sei pannelli e collocarli tutti sull'altare celebrando la messa con al mio fianco le opere sfigurate.Raccontai tutto ai miei fedeli, gli dissi che quel gesto era accaduto nella nostra chiesa. Poteva anche essere un gesto indirizzato a Davide o a me ma ciò riguardava loro perché accadde nella loro chiesa. Non potevano fare finta di nulla. Ricordo che fu una veglia abbastanza difficile, nessuno dei miei fedeli sapeva cosa fare, nessuno, compreso me, era pronto a un avvenimento del genere. Discutemmo per molte ore, arrivammo alla conclusione che Davide non c'entrava, quel messaggio era diretto alle nostre attività di aiuto e recupero nel campo del sociale: lavoriamo con i giovani e per i giovani ma soprattutto accogliamo famiglie povere, senza dimora, uomini che dormono in panchina. Viviamo in una zona della città dove spesso gruppi di ragazzi si dedicano allo spaccio di droga, succede anche nel campo della parrocchia, e, poche settimane prima dall'accaduto, ne incontrai alcuni. Ci fu un diverbio ma tutto finì lì. Capimmo quella sera che forse certa gente del quartiere voleva metterci alla prova, intimidirci. Pochi giorni dopo, era un mercoledì pomeriggio, venne da me, in sacrestia,una donna accompagnata dalla sorella. Mi dissero, con forte accento campano e tono quasi amichevole: che potevo stare tranquillo, che la camorra non c'entrava, che la camorra non esiste, è solo un'invenzione dei settentrionali per sfogarsi su noi meridionali. La parola camorra, dopo quell'avvertimento, non fu mai pronunciata né da me né dai miei fedeli, decidemmo di andarci cauti. Mi colpì molto che quelle donne ebbero premura di raggiungermi in sacrestia e affermare quel loro concetto. Capii che era arrivato il momento di dialogare con la città, che forse dietro a quel gesto, fatto da ragazzi sbandati, picciotti di quartiere, si stava per innescare qualcosa che doveva richiamare l'attenzione pubblica. Dietro a quei piccoli spacciatori, che amano spendere i loro introiti sporchi in qualche macchinetta videopoker del quartiere, c'era qualcos'altro. Mettemmo su un comunicato stampa e lo inviammo a tutti i giornali locali. In questi casi, pensai, che l'opinione pubblica fosse uno dei deterrenti più temuti in certi momenti, più temuti delle forze dell'ordine e della magistratura, per chi comincia le sue attività. Con l'aiuto dei giornali, e il racconto di queste cose, emerse la consapevolezza che in città eravamo in una situazione esposta, pericolosa. Ma capimmo anche altro, che non eravamo soli e che al contrario per anni siamo stati distratti da chi da sempre in città, attraverso l'associazionismo, si difende e difende Modena dal crimine. La strada che avevamo preso fu quella giusta, fu quella di chiamare per nome le cose col loro vero nome.»

Le minacce dopo quel giorno non si fermarono lì.

Nei mesi a seguire Padre Boschini ricevette dei messaggi anonimi sul cellulare e dei biglietti in sacrestia, entrambi scritti in un italiano abbastanza sgrammaticato. Al consiglio provinciale gli fu addirittura votata una mozione per l'assegnazione di una scorta, ma andò di persona a rifiutarla di persona.

«Ho già la scorta io. Sono i poveri che sono con me», mi disse spiegandomi le sue ragioni di quel no.

Il suo no, non fu un'ammissione di scarsa fiducia nei riguardi dello Stato ma al contrario una piena fiducia nei riguardi dei suoi fedeli e di tutte le famiglie, ricche o povere, italiane o straniere, che gravitano attorno alla sua parrocchia.

«Io non sono solo, come non sono soli i miei fedeli. Non abbiamo bisogno di una task force per difendere i nostri diritti ma solo di noi stessi. Abbiamo bisogno, tutti, di credere che chi ci è accanto ha bisogno di noi come noi abbiamo bisogno di lui. Partiamo dall'ospitalità, è da qui che dobbiamo partire. Abbiamo perso la possibilità di legarci tra estranei, abbiamo perso la curiosità nel conoscere l'altro, che sia bianco o nero, italiano o straniero e secondo me è da qui, dalla cultura dell'ospitalità, che bisogna partire se vogliamo contrastare le mafie.»

LA CAMORRA NON ESISTE

"I Clan usano il Sud Italia come una grande miniera
ma è al Nord che vincono".
(Roberto Saviano, da *Gomorra*)

Con l'operazione *Rischiatutto* la notte tra il 26 e 27 giugno 2013 il clan dei casalesi ha ricevuto un duro colpo: cinquantasette arresti tra Catania, Napoli, Frosinone, Modena e Reggio Emilia.

Scommesse, casinò on-line e riciclaggio, all'appello sono stati chiamati uomini legati a Nicola Schiavone, Nitto Santapaola e Nicola Femia.

Mentre leggevo gli articoli sui quotidiani on-line non riuscivo a non nascondere la soddisfazione sul mio viso.

La prima cosa che feci dopo aver letto i nomi dei cinquantasette arrestati fu scrivere un sms ad un amico, un camionista del casertano di nome Pasquale, con il quale, cinque anni prima, feci un lungo viaggio da Castel Volturno a Bologna.

«Camorra zero società civile uno. '*A fa mocche Pascà*!»

Mi rispose dopo qualche minuto.

«Ora puoi mettere un punto a questo romanzo criminale.»

Conobbi Pasquale un pomeriggio del 21 settembre del 2008.

Qualche giorno prima, il 18 settembre, a Castel Volturno ci fu una strage da tutti conosciuta come la strage di San Gennaro: un gruppo di fuoco legato al clan dei casalesi e guidato dal boss Giuseppe Setola, composto da Oreste Spagnuolo, Giovanni Letizia, Davide Granato, Antonio Alluce e Alessandro Cirillo decisero di inviare un segnale forte e diretto alla comunità di immigrati del posto, all'incirca tredici mila, colpendo un gruppo di ragazzi africani che passavano il pomeriggio in una sala giochi.

Gli interessi del clan per quel litorale, che su carta si sarebbe dovuto riqualificare creando strutture ricettive, valeva più di ogni altra cosa, anche la vita di sei immigrati senza colpe se non quella di essersi trovati nel posto sbagliato al momento sbagliato.

Ricordo ancora i giorni che seguirono quella strage: sulla Domiziana migliaia di ragazzi africani scesero in strada rivendicando i loro diritti ma soprattutto puntando il dito su uno Stato assente e su una camorra ormai padrona assoluta di quei luoghi. Quel giorno io ero lì, a due passi dalla rivolta, seduto su un muretto di un marciapiede, ad ascoltare i pianti di quelle donne, di quelle madri, che alzavano le immagini dei loro connazionali uccisi con brutalità. Quel giorno in silenzio osservai di come, in certi territori ad alta densità mafiosa, le rivolte siano guidate da immigrati e non da italiani. Osservai chi, in migliaia lungo tutta la statale, rivendicava la libertà di vivere contro ogni sistema mafioso.

Erano immigrati, erano africani irregolari, erano neri, e noi, i bianchi, i regolari, eravamo molto pochi.

C'era Pasquale, per tutti *Pascà*, zio di un amico che si offrì di darmi un passaggio fino a Bologna e Giovanni, un venditore ambulante sui settanta anni incazzato con tutti perché erano giorni che non riusciva a montare la sua bancarella di frutta e verdura.

«Questi si permettono pure di scendere in strada *'a manifestà*! Sono i primi che nell'Hotel Zagarella vendono chili di droga al giorno e nessuno dice niente. Adesso dicono che *'o problema 'e 'a camorra.* Il problema sono loro che hanno fatto diventare Castel Volturno un cesso.»

Giovanni era su tutte le furie, ripeteva continuamente che per quella strage la camorra non c'entrava, che fu un regolamento di conti tra nigeriani per rivendicare qualche diritto di spaccio in qualche altra zona abbandonata del litorale. Ne era convinto il venditore, urlava a chiunque la storia della mafia nigeriana.

A calmare la sua euforia fu *Pascà*, che stanco di sentire il vecchio urlare si rivolse a lui con un certo tono:

«*Giuvà!* Ma secondo te questa mafia nigeriana spara con due mitragliatrici AK47, due calibro9 e quattro pistole semiautomatiche? Ora mi devi dire se questa mafia nigeriana che tu conosci è *accussì* scema da spararsi sotto casa, a dieci metri da dove spacciano, a pochi metri dall'unico luogo dove hanno potere? Rispondi *Giuvà*.»

Il venditore ambulante non aprì bocca. Io, invece, non resistevo, dovevo intervenire. Mi feci seicento chilometri di notte per essere presente su quei territori e raccontare quelle ore, dovevo dire qualcosa.

«Per voi è facile dire che la camorra non c'entra. Ho sentito gente in questi vicoli del paese affermare che il clan dei casalesi è solo un'invenzione della magistratura. La verità è che a voi fa più comodo prendervela con questi ragazzi di colore, *sti poveri cristi, sti nire 'e merda*, come spesso sento dire dalle vostre bocche, perché non hanno più forze e potere di quanto ne hanno gli uomini del clan che voi, tutti i santi giorni, proteggete e giustificate. Uomini che vi hanno avvelenato le campagne e che vi stanno avvelenando i figli. Ma tanto a voi che importa? Ve ne frega di quello che ha fatto Antonio Bardellino o di quello che hanno fatto e che continuano a fare Michele Zagaria, Francesco Bidognetti, Francesco Schiavone?

A voi interessa sapere solo cosa fanno questi immigrati perché dovete attaccare, puntare il dito, trovare il cristo da crocifiggere e sentirvi in pace con la coscienza. Però poi, quando al nord dovete rivendicare la forza del casertano, di quello che ha la terra più fertile di tutti, di quello che produce più di tutti, di quello che si è fatto *il mazzo quadrato* da solo senza l'aiuto di nessuno, accusando gli altri di aver mangiato con i soldi sporchi di certa gente di questo territorio allora la riconoscete *'a camorra*. Allora sì che dite all'imprenditore del nord: "tu ti sei ingrassato con il business della camorra". Oppure, peggio ancora, vi ricordate che le vostre zucchine che coltivate sono rosse, i pomodori sono marci e l'acqua è putrida e accusate l'imprenditore del nord di essere complice di questo scempio. Ma allora fatemi capire, questa camorra esiste o non esiste? Volete vedere che è un'invenzione del nord?»

Il venditore ambulante mi guardò impaurito, prese la sua roba e andò via borbottando parole incomprensibili. Feci un respiro di sollievo. Avevo accumulato tanta tensione, avevo bisogno di sfogarmi e quel venditore capitò nel momento sbagliato. Pasquale mi poggiò una mano sulla spalla e mi sorrise.

«*Uagliò!* Mio nipote mi aveva detto che avevi il pepe in culo ma non credevo che fossi così pericoloso», mi disse offrendomi una sigaretta.

«Non fumo, grazie. Mi sono fatto seicento chilometri per rivedere da vicino lo schifo di questi animali, per sentire la puzza del sangue di quei poveri immigrati, per toccare di persona le lacrime di questa gente perché mi sono sentito colpevole di questo scempio.»

«Colpevole per cosa?»

«Di non aver fatto abbastanza. Da sud a nord, non aver fatto abbastanza per far capire a questa gente che è ancora convinta che la camorra non c'entra mai niente.»

«C'entra, certo che c'entra. Ma a questa gente importa solo arrivare alla fine del mese. Se ci arrivano sani o malati, non importa. Ciò che importa è arrivarci.

Qui lo Stato ha fallito nel suo intento di voler mettere ordine, di voler bonificare le nostre terre e di riqualificare i nostri quartieri. Ha fallito e continuerà a fallire fino a quando verrà con il solito esercito per sfondare le porte blindate di queste ville abbandonate e arrestare i latitanti al contrario di cercare di costruire legalità. È dal basso che bisogna partire, partire dal fatto che qua *tenimme* migliaia di clandestini irregolari che non sono manco più padroni dei loro sogni, *tenimme* centinaia di appartamenti vuoti tutti abusivi, come sono abusivi la maggior parte di questi venditori che tutti i giorni dettano legge, sporcano e se ne fottono del nostro lungo mare che al contrario di dare lavoro ci dà solo problemi.

Lo Stato può mandare in galera anche tutti i camorristi della zona ma se non sa gestire due cristiani che vendono zeppole fritte abusivamente come si può pensare di riuscire a cambiare la situazione. Non cambierà? Sai perché? Perché i commercianti si sentono soli nelle loro lotte quotidiane, soli come forse si sentono soli, oggi, questi immigrati che mi stanno intasando il cancello di casa e non posso uscire. Ma ci sta, ogni tanto hanno diritto anche loro a scassare le palle.»

Dopo circa due ore riuscimmo a salire sul Tir di *Pascà*, un Renault tutto nero e uscire da casa per raggiungere l'autostrada. Passammo il casello di Caserta Sud e partimmo in direzione Bologna. Quel viaggio con *Pascà* fù per me un viaggio indimenticabile, all'insegna della musica neomelodica.

La prima cosa che mi chiese appena salito sul Tir fu proprio che rapporto avevo con i cantanti napoletani.

«*Uagliò*, se ti fanno schifo i neomelodici te la puoi pure fare a piede», mi disse con tono minaccioso.

«Ma quale schifo, non ci crederai mi fanno impazzire.»

«Veramente? Un professore a modo *comm'a te*?»

«Sarò pure un professore a modo, ma al neomelodico non si può dire no!»

«Che vuoi sentire?»

«Cosa hai? A me piace tutto.»

«Mi *staje* sfottendo?»

«*Pascà*! Ti sembra questa la faccia di uno che ha voglia di giocare?»

Mi sorrise come un bambino, aprì una borsetta che aveva sul cruscotto del camion e cacciò un cd di Carmelo Zappulla, noto neomelodico siracusano trapiantato a Napoli appena ventenne e diventato uno dei cantanti più ascoltati.

«Ti piace Carmelo?»

Non dissi altro che: «*Chiste 'e o rre*!»

E così che cominciò il viaggio assieme al mio amico camionista casertano: sulle note del pezzo *Cantastorie*.

Cantava *Pascà*! Cantava e sorseggiava caffè, non distraendosi mai dai suoi enormi specchietti laterali.

«Ti diranno sempre che la camorra non c'entra, la camorra non esiste. Te lo diranno sempre al sud come te lo diranno anche al nord. Te lo diranno in tutte le lingue e in tutti i dialetti.»

Sapeva tante cose *Pascà,* eppure era solo un umile camionista ma sapeva tante cose, sapeva più di me, aveva più informazioni di me e non mi restò altro che ascoltarlo per tutta la notte.

«Negli anni novanta se avevi venticinque anni, due figli, una patente ed eri un tipo timido sempre sulle tue e non ti piaceva fare troppe domande eri il personaggio perfetto per i casalesi. Eri la persona giusta per loro.

Io sono nato camionista e ci morirò camionista. Sui camion ci sono cresciuto, non ho mai pensato di fare altro e anche per loro ho fatto questo. Ogni tanto alzo la voce sotto casa, faccio come fanno gli africani: nel nome dei miei diritti da cittadino libero urlo che la camorra fa schifo, che la camorra è pericolosa ma alla fine so chi sono e ho le prove per far di meglio che due fiaccolate sulla Domiziana e qualche festival antimafia, ma so pure che ormai ne sono complice. A questa puzza di piombo, sangue e carne morta mi sono abituato e in fondo, tutto questo, non mi dispiace.

So che aria, acqua e terreno sono avvelenati, sono stato braccia di queste menti perverse, ma so anche che tanto, pure se parlo, pure se dico che da Pozzuoli a Gaeta abbiamo sversato tonnellate di veleni che cosa concludo? Faccio l'eroe? Non fa per me. Tanto è inutile, fa comodo a tutti avere un cesso all'aria aperta dove sversare senza che nessuno si lamenti.

Mi mandavano nel triveneto o nelle zone dell'Emilia a caricare container e lasciarli nel bel mezzo della campagna dell'aversano. Inutile dirti cosa trasportavo, lo sappiamo tutti cosa succedeva, e cosa succede, in terra di Gomorra. Non ho trasportato solo *monnezza,* una volta a settimana mi mandavano alla Parmalat e ci andavo per conto di Michele Zagaria, prelevavo quintali di bottiglie di latte che venivano poi vendute tra Napoli e Caserta.

Io non faccio il ragioniere ma non ci vuole una laurea in economia per capire del perché un'azienda importante del nord aveva bisogno di noi casalesi.»

Certo, pensai io tra me, non ci vuole certo una laurea ma un pizzico di conoscenza di come vanno certe cose nell'economia liberale, dove il pulito si impasta con lo sporco, il legale apre la porta all'illegale per poter aumentare profitti ed essere più competitiva sul mercato. La Parmalat aveva bisogno di giustificare grosse quantità di vendite per ricevere alte quote in borsa e solo un boss come Michele Zagaria poteva risolvere questo problema sostituendo il pizzo ai commercianti e ai bar sul suo territorio con l'acquisto obbligato del latte.

«A Modena ne stanno ripulendo di soldi. È dal 1995 che portiamo cemento per i parchi ecosostenibili della città. Ma quali ecosostenibili, in quei palazzi ci sta più sabbia che ferro. Nella provincia basta una soffiata di vento più forte del solito per farli crollare. Per non parlare di quante slot per videopoker truccate, abbiamo portato. Ricordo i circoli Matrix dove portavamo le slot da Casale a Carpi, da Casale a Castelfranco Emilia. Le portavamo per conto degli Schiavone, che a Modena ci stanno da sempre, da quando hanno fondato il loro impero camorristico.»

«Come ci sono arrivati i casalesi a Modena?»

«Le menti di questo business sono Mario Iovine detto "Riffifi", noto cugino di Antonio Iovine…»

«'O Ninno»

«Esatto,'o Ninno, e Alfonso Schiavone, un professore di lettere che conobbi negli anni '90 in un bar di Castel Volturno. Faceva il preside in un istituto superiore.

Non so dirti quante slot abbiamo portato, troppe. Non ho mai messo un euro in quelle macchine mangia soldi. Sono capaci di strapparti tutto, anche la famiglia. Un giorno, mentre scaricavamo al Matrix di Carpi, vidi con i miei occhi un povero operaio modenese piangere ai piedi della compagna di Nicola Schiavone, Ioana Ancuta Gurlui, chiedendole di parlare con Nicola per riavere indietro lo stipendio che si era giocato quel pomeriggio. Capitava spesso che i soldi ritornassero indietro senza esitazioni.»

«Ma con il solito 20% in più a fine mese di interessi.»

«Fai anche il 40%. La camorra non ti dà mai niente per poco.»

«Chi è questa Ioana?»

«Chi è Ioana? Scusa la finezza: è *nu femmenone* esagerato. Una ragazza dell'est, rumena, se non ricordo male. La femmina di Nicola Schiavone.»

«L'amante?»

«Sì, l'amante. L'avrà conosciuta in qualche night club di Modena.»

«No, secondo me in Romania.»

Lo sguardo di *Pascà* si fece serio, abbassò gli occhi facendo finta di non aver sentito.

«Ora non fare come il venditore ambulante. Lo sai bene che Nicola Schiavone non ha mai nascosto la sua passione per l'est. Sta nel DNA dei casalesi. Ci hanno sempre voluto investire in quelle terre. E poi se non mi sbaglio molte slot o molti PC dove si può giocare on-line sono tutti collegati a server rumeni. Italia e Romania sono sempre meno distanti di quel che si pensa.»

«*Azzo,* ma allora fai finta di non sapere niente…»

«Chi ha detto che non so niente. Hai fatto tu.»

Il monopolio delle slot truccate porta nelle casse delle organizzazioni mafiose oltre dieci miliardi di euro l'anno. Dal 1995 al 2008 il clan dei casalesi hanno imposto a commercianti, e gestori di bar o night club le loro macchine da gioco. Il dominio del clan è avvenuto grazie a due elementi di spicco, Mario Iovine e Alfonso Schiavone. Le Slot arrivavano da Casal di Principe a Modena grazie all'imprenditore Renato Grasso detto "*'o Presidente*", che gestiva l'intero mercato per conto del clan dei casalesi. Le cifre da capogiro che il clan incassava dai loro circoli, vere e proprie bische dove giravano armi e cocaina, erano investite in edilizia. Come il caso degli appartamenti a San Prospero, nel 2004: cinque unità immobiliari costruite assieme all'imprenditore modenese Giuseppe Parente.

«Ma da due anni la situazione è cambiata, hanno tutto in mano siciliani e calabresi. La 'ndrangheta regna, noi trasportiamo alimenti, auto e cemento, i videopoker sono ormai monopolio del calabrese Nicola Femia, però non so dirti altro. E poi da come ho capito sembra che tu ne sappia più di me.»

«Quel che so è che a Modena il Bingo made in Casale è riuscito dagli anni '90 ad oggi a far nascere delle vere e proprie società dal capitale mafioso, dove cosa nostra, 'ndrangheta e camorra siedono negli stessi consigli di amministrazione. I casalesi sono riusciti, attraverso le attività illecite legate ai videopoker, a creare un sistema senza precedenti: il boss napoletano, Nicola Schiavone, l'imprenditore catanese Antonio Padovani, vicino alla famiglia dei Santapaola e il calabrese Nicola Femia, in assoluto il re, conosciuto come *Rocco*. Nicola, a differenza di Grasso e Iovine non ha solo le macchine ma ha anche i circuiti, i software, ha ingegneri al suo servizio. È una mente ancor prima di essere braccio e per i casalesi, che hanno sempre ammirato chi il crimine lo fa con la testa e non con il piombo, uno come *Rocco* non poteva che essere una risorsa.»

«Un napoletano, un calabrese e un siciliano. A me sembra l'inizio di una barzelletta.»

«No, è l'inizio di un romanzo criminale ambientato migliaia di chilometri da Catania, da Napoli e da Crotone. Un romanzo di cui si spera, al più presto, qualcuno scriva l'ultima pagina e chiuda questo libro di sangue, cemento e cocaina.»

«Fammi un messaggio quando riuscirete a farlo. Non vorrei perdermi l'evento», mi rispose *Pascà* con ironia e un pizzico di sarcasmo.

A metà strada *Pascà* decise di fermarsi, aveva fame.

Ci fermammo ad un autogrill subito dopo Orte, ad Attigliano. Ci sedemmo ad un tavolino e dalla sua borsa termica il camionista amico cacciò tutto l'occorrente per una cena tipica casertana: una mozzarella di bufala, delle melanzane sott'olio e del pane.

«*Pascà*, ma questi tavoli sono per chi consuma al bar o al ristorante.»

«Ma secondo te vengono a rompere il cazzo a un camionista che si ferma da più di venti anni in questo autogrill?»

In effetti nessuno ci venne a reclamare il posto, sembrava che tutti conoscessero *Pascà*. Non importa cosa trasportavi, di che nazionalità eri o che lingua parlavi, tutti appena incrociavano gli occhi del camionista casertano lo salutavano con indiscrezione.Mi faceva sentire a casa *Pascà,* mi dava fiducia.

«Da bambino volevo fare il camionista - gli dissi mentre il latte della mozzarella mi colava sul mento - Avevo la passione dei Renault neri. Proprio come il tuo. È stato mio zio ad avvicinarmi ai camion, da piccolo mi facevo dei gran viaggi con lui.»

«Per chi lavora tuo zio, come si chiama, può darsi che lo conosco.»

«Impossibile, è morto di leucemia nel 1998. Ancor prima di potermi insegnare a guidare.»

Il ricordo di zio mi rattristò per un attimo, *Pascà* si accorse del mio cambiamento, non riesco a nascondere le emozioni, è facile capirlo dai miei occhi. Prese via le scodelle, riavvolse il pane nella carta, rimise tutto nella borsa e mi disse:

«Forza, andiamo, dobbiamo fare una cosa prima che si fa troppo tardi.»

«Che cosa?»

«Fai troppe domande, hai un brutto vizio. Stai zitto, ora ti faccio vedere.»

Salimmo di nuovo sul tir e partimmo. Uscimmo dall'autostrada dopo pochi chilometri, ad Orvieto.

«Come mai usciamo prima?»

«Voglio farti fare un giro.»

«Un giro dove?»

«Un giro con il mio Renault.»

Ci fermammo in un grosso piazzale subito dopo il casello, *Pascà* scese, staccò in meno di due minuti il rimorchio, aprì la porta dal mio lato e mi disse: «Su, forza, salta al mio posto.»

«*Pascà*, ma sei pazzo? Sei sicuro di quello che fai?»

«Lo vuoi portare o no il mio bestione? Decidi in fretta, prima che questo parcheggio si riempia di Tir.»

Non me lo feci ripetere due volte. Saltai sul lato guidatore, poggiai le mie mani sull'enorme sterzo, era caldo, sentivo il cuore a mille.Misi la prima, le mie mani tremavano, volevo dare gas ma non avevo il coraggio.

«Allora, dai gas.»

«Aspetta, metti play al cd. Ho bisogno di musica.»

Non se lo fece ripetere due volte, *Pascà* mise play, e sulle note di *Cantastorie*, in un parcheggio vuoto, per la prima volta portai un tir. Suonavo e cantavo assieme a *Pascà* immaginando, al mio fianco, lo zio che mi sorrideva a ogni tirata di clacson.

Lei mi guardava con quell'aria indifferente / già sapeva tutt'è me / che amavo solo la mia libertà / vagabondavo la felicità /ma lei più furba me stunaje sulu co 'e vas / con la sua maturità / forse era l'aria forse l'allegria / lei già era mia.

Arrivammo a Bologna notte inoltrata.

«Dove ti lascio?»

«Puoi accostare qui, all'ingresso della curva Bulgarelli. Ti posso fare una domanda, *Pascà*?»

«Dimmi.»

«Perché non chiudere con questa gente. Perché continuare a stare con due piedi in una scarpa? Tutto puoi sembrare,ma non di certo un camionista rozzo, strafottente, violento e criminale come altri conosciuti in un cesso di un autogrill o in un piazzale di qualche mercato della frutta. Cosa hai detto prima? Io so, ho le prove ma non mi importa raccontare. Mi chiedo perché? Perché lasciare che lo faccia io quando potresti farlo tu?»

«Perché tu non credi a quello che credo io.»

«A cosa credi tu e a cosa dovrei credere io?»

«Io credo che otto giorni è il tempo del dolore e della meraviglia, passato questo tempo si ritorna alla normalità. Alla schifosa normalità di sempre. Preferisco vivere cento giorni da pecora. Che uno da leone.»

Presi la mia borsa, aprì lo sportello del Tir, lo guardai negli occhi e gli dissi: «Sai perché scrivo? Sai perché ogni giorno racconto questo schifo che tu vivi… e non fai nulla per evitare?»

«No e forse se tu lo raccontassi in giro nessuno ti ascolterebbe.»

«Ti sbagli, tutti mi ascoltano e sai perché? Perché io scrivo e racconto verità nel nome di quel dolore che credi debba essere metabolizzato in soli otto giorni, trascurando il fatto che un libro lascia tracce indelebili nella storia e nella conoscenza della memoria.

Pascà, io scrivo perché non mi arrenderò mai a raccontare che persone come te saranno pure pecore ma infondo hanno il cuore e la mente furba di un leone. Non smetterò mai di scrivere del dolore perché più ne scrivo più so che quei tuoi otto giorni si moltiplicheranno, come si moltiplicherà la conoscenza e di come si moltiplicherà il sapere.

Io non voglio vivere né un giorno da leone, né cento da pecora, io voglio vivere la mia vita da uomo che ha deciso di affrontare e resistere e lo farà sempre, pur sapendo che forse morirà sconfitto. Pur sapendo che forse morirà senza aver mai potuto assaporare una vittoria, ma almeno ha lottato e ha costruito un mondo dove dopo otto giorni la gente non dimentica, la gente non cancella il dolore ma semina resistenze.

Pascà, buon viaggio e grazie per il passaggio.»

IMPRENDITORE D'AZZARDO

Quel lunedì arrivai presto a casa di Giulia, era ancora in pigiama alle prese con decine di pagine di quotidiani. Sfogliava tutto con rabbia, sembrava cercasse qualcosa di preciso. Era concentrata su articoli che parlavano di Nicola Femia, uno della 'ndrangheta noto come il boss delle fiches.

«Qui siamo di fronte ad un vero e proprio sistema criminale… non si tratta di uomini con la lupara o di gente che ricicla. Basta! Non ci si può limitare a dire che l'Emilia Romagna è una lavanderia dove le mafie "puliscono" il denaro sporco. È una cosa che io non riesco ad accettare!Ma i soliti esperti dell'antimafia continuano a ripetere sempre la solita storia: questa Regione ha gli anticorpi per resistere ai tentativi di infiltrazione e non consente un radicamento mafioso! Ma la realtà è molto diversa… la cronaca ci parla di ben altro! Nicola Femia, il boss delle fiches, dettoanche Rocco *'u curtu*, è solo l'ultimo anello di una lunga catena criminale cominciata negli anni '80.»

Giulia non trattenne la rabbia con un gesto di stizza lanciò i fogli del giornale che caddero disordinatamente sul divano di casa.

Poi continuò: «Vengono arrestate cinquantasette persone e loro (i giornalisti) scrivono poche righe su un quotidiano... Questo è il loro modo di fare giornalismo! Nessun dato preciso, solo la ripetizione delle dichiarazioni degli inquirenti... nessuno che provi ad entrare, a proporre una lettura più ampia della questione.»

«Stamattina ti sei alzata battagliera!» le dissi.

«Stamattina sono proprio incazzata! Come si può definire Rocco *'u curtu* un imprenditore calabrese dedito ai video poker?

La mente di un sistema criminale che, come un polipo, ha steso i suoi tentacoli da Modena a Ravenna stringendo rapporti con le più importanti famiglie mafiose presenti sul territorio!

Lo sappiamo perché il giornalista Giovanni Tizian vive sottoscorta dopo aver ricevuto minacce da questo parassita.

Lo sappiamo perché noi, le loro aziende le conosciamo, le andiamo a vedere da vicino. Ci fermiamo fuori dai cantieri, luoghi di riciclo del loro sporco denaro e stringiamo le mani di chi è stato costretto a vendere, di chi è stato minacciato e colpito! Mani che stringiamo con orgoglio perché appartengono a persone che hanno subito sulla propria pelle la violenza criminale, che hanno urlato il proprio bisogno di aiuto, ma che non hanno avuto risposta.

Secondo te – continuò Giulia – si può trattare solo di un imprenditore corrotto, quando si parla di uno legato al clan dei Valle - Lampada di Reggio Calabria, con forti interessi nel settore del gioco d'azzardo e della ristorazione tra Vigevano e Cisliano?»

«Già! Reggini capaci di comprare complici come Franco Morelli, politico del Pdl legato all'ex sindaco di Roma Gianni Alemanno, e condannato a otto anni per concorso esterno in associazione mafiosa?»

«... e la politica non è mai stata un tabù per Rocco *'u curtu*. Nel 2008 si dedica alle elezioni politiche per conto di Giulio Lampada che, dopo aver parlato con Tarcisio Zobbi, esponente dell'Udc di Reggio Emilia, lo contattachiedendogli di convogliare i voti dell'Emilia Romagna su di lui, che è un amico, carissimo.»

«Io credo che uno che agisce così al nord, possa contare su un passato forte, ricco di intrecci mafiosi. Uno sicuro di sé e del suo potere che si allontana dalla sua terra, ma non lascia le sue radici di uomo di 'ndrangheta» risposi a Giulia mentre la osservavo mescolare, con frenesia, lo zucchero nella tazzina del caffè.

I Mazzaferro di Gioisa Jonica, gli Alvaro di Sinopoli per la gestione del porto di Gioia Tauro e per il controllo dei lavoro della Salerno – Reggio Calabria, i legami con Roberto Jerinò, della 'ndrina di Gioiosa Jonica e i legami con la cosca di Siderno, comune della Locride sciolto per mafia fanno di Nicola Femia un abile camaleonte pronto a cambiare gli abiti da criminale al momento e all'occasione giusta.

Non va trascurato il legame tra Femia e il clan dei casalesi, quel legame che ha inaugurato, su al nord, l'asse calabro-campano.

Nel 2008 è Nicola Femia a rivestire il ruolo di consulente dei giochi nei circoli gestiti dagli uomini di Nicola Schiavone. Ed è lo stesso Femia che fornisce i giochi on-line, le ricariche ai circoli di Carpi e Castelfranco Emilia, dà consigli, ma rimane nell'ombra. È il calabrese che *Pascà*, l'amico camionista, mi indicò, cinque anni prima, come il re in assoluto!

«Giuliè! Credo che lo zucchero si sia sciolto.»

Non rispose. Immersa nei suoi pensieri, continuava a mescolare con rabbia.

«Raccontiamo l'ascesa di Rocco *'u curtu*», le dissi con tono provocatorio.

La sua mano si arrestò!

«Bene, se non smettevi di girare il cucchiaino, mi avresti fatto uno shakerato.»

«E certo che lo raccontiamo, non possiamo fermarci all'operazione *Rischiatutto*! Bisogna tornare indietro e ricostruire la vita criminale di Nicola Femia e di tutta la riviera romagnola.»

«Abbiamo la persona giusta! Con l'aiuto di Massimo, del Gruppo dello Zuccherificio di Ravenna, riusciremo a trovare il tassello mancante da aggiungere a questo viaggio.»

«Ottimo! Farà parte anche lui del nostro viaggio!»

«Prima però me la dai una tazza di caffè o devo andare al bar sotto?»

Abbiamo subito chiamato Massimo e, mentre chiacchieravo con lui al telefono, Giulia controllava gli orari dei treni per Ravenna: «Dì a Massimo che partiamo tra mezz'ora, il tempo di raggiungere la stazione.»

«No dai, Gallo! Vieni sempre tu da noi. A 'sto giro vengo io», mi disse con un certo affanno nella voce, mentre stava già scendendo le scale di casa per prendere l'auto e raggiungerci.

In effetti ero andato spesso dai ragazzi del GDZ a Ravenna durante le loro lezioni in un Liceo nel centro città. Da anni Massimo, Silvia, Alessandro, fanno attività di inchiesta sul territorio ravennate cercando di portare alla luce il giro di milioni di euro che dagli anni '80 ad oggi mafia, camorra e in particolare 'ndrangheta, intascano con attività illecite come il gioco d'azzardo di cui hanno il controllo su tutto il territorio romagnolo.

Sono ingegneri, architetti, umanisti, avvocati, i ragazzi del GDZ si sono uniti e hanno unito le loro professioni per affrontare le mafie in ogni settore: dall'edilizia alla prostituzione, dal traffico di droga al gioco d'azzardo. Portano nelle scuole concrete azioni di educazione alla legalità incontrando studenti e professori per spiegare la presenza delle mafie in Romagna, ma soprattutto per capirne il radicamento.

«Da Nunziatino Cono Maddalena e da Antonio Scaranello» mi disse Massimo mentre sorseggiava una birra seduto al tavolo della piccola cucina di Giulia.

Ha gli occhi chiari, tanta carne al volto, barba leggermente lunga e una padronanza del linguaggio da vero narratore nonostante sia un ingegnere con la passione di fare lo *scassarelaminchia*.

«Partiamo dai loro arresti nel 1984 a Riccione: entrambi braccia armate del mafioso Angelo Epaminonda, esponente del clan dei catanesi di Milano, loro sede di attività criminale. Negli anni '80, il loro boss indiscusso, Francis Turatello, decide di spostarsi in Riviera. Vengono arrestati in una villetta nel centro di Riccione. In un armadio gli agenti trovarono sette milioni di vecchie lire in contanti, sei grammi di coca e due calibro38.

Alla morte di Turatello, Epaminonda ne prende il posto. Diviene il boss indiscusso e manda i suoi soldati, Cono

Maddalena e Scaranello a controllare le bische in Rivera. A Riccione si fanno subito notare. Il 26 giugno del 1984, senza pensarci due volte, uccidono Calogero Lillo Lombardo: imprenditore con l'abitudine a prendere da solo iniziative, senza il lascia passare dei catanesi, riguardo l'apertura di alcune bische clandestine.»

Da Milano alla Riviera. Dall'eroina al gioco d'azzardo, per i catanesi Riccione, Forlì, Ravenna, Rimini, sono territori ricchi e ospitali. Per poter agire indisturbati devono però fare i conti con i cugini palermitani che già a fine degli anni '80, giocano un ruolo di esattori su tutto il territorio romagnolo.

«I palermitani sono da sempre i più forti: i mafiosi Giacomo Riina, Pietro Pace, Massimo Gambino, legati ai corleonesi, possono contare su una fitta rete di relazioni con il territorio, con la borghesia ravennate, ma soprattutto con esponenti delle forze dell'ordine che "proteggono" le bische.

Anni di crescente potere criminale e di ricchi affari fin verso la fine degli anni Novanta, quando il clima si fa rovente. Dopo l'omicidio di Gabriele Guerra, un pregiudicato che non temeva il rischio e la sfida, i romagnoli cominciano a rendersi conto che i mafiosi sono arrivati anche nelle loro città.

"La Romagna è dei romagnoli", Guerra è solito ripetere spavaldo e decide, per conto suo, di aprire un circolo a Pinarella di Cervia. Ma per i calabresi di Isola di Capo Rizzuto, che gestiscono ogni singola fiche su tutto il territorio, Guerra diventa un problema e la sera del 14 luglio 2003 viene freddato nella sua auto da Francesco Mellino per conto di Saverio Masellis e Giovanni Lentini.»

«Il 2003 è anche l'anno dell'ascesa criminale di Nicola Femia», ricorda Giulia.

«Rocco *'u curtu*», aggiunge Massimo.

Calabrese, di Gioiosa Jonica, con passaporto emiliano romagnolo che, grazie all'inchiesta "Black Monkeys", viene coinvolto in una maxi operazione della GdF che consente l'arresto suo e di altre ventinove persone, portando al sequestro di millecinquecento slot machine truccate e di beni per oltre novanta milioni di euro.

Nicola Femia controlla e gestisce, insieme ad altri membri della sua famiglia, anch'essi arrestati, Guendalina e Rocco Maria, una fitta attività illecita con metodi mafiosi, estorsioni e sequestri di persona, con un prevalente impegno nello sfruttamento del gioco d'azzardo on line e nelle video slot truccate.

«Ho bisogno di avere conferme su questo uomo», disse Giulia.

«Di cosa hai bisogno Giuliè?» chiese Massimo.

«Chi è Nicola Femia?» chiese mentre su un tovagliolo, Massimo, cominciò a disegnare una serie di frecce e nomi.

«La scalata dell'imprenditore calabrese in Emilia Romagna inizia con il riciclaggio. Terreni edificabili, ville con piscina intestate a società immobiliari fittizie e un hotel in affitto a centotrenta mila euro all'anno nel centro di Punta Marina, in provincia di Ravenna, intestato da Femia, alla sua compagna russa. Era così che Femia reinvestiva e ripuliva le ingenti quantità di denaro provenienti da ogni parte della nazione verso conti e società che ruotavano attorno al suo impero.»

«È qui che servivano le sue società che gestivano le sale da gioco e le video slot?»

«Esatto!»

«Joy to play, Italia Games, Las Vegas Games, New Slot, Arcade, Astor, Slot Point...» mi elenca Massimo come fosse una lista della spesa.

«Non ci dimentichiamo le Srl, per lo più immobiliari, utili proprio a ripulire gli incassi provenienti dal gioco d'azzardo» puntualizzò Giulia.

«Un sistema troppo complesso per un normale imprenditore.»

«È quel che sto cercando di dire da tempo.» Continuò Giulia: «Per fare tutto ciò Femia è riuscito a stringere rapporti con professionisti dei diversi settori e forze di Polizia: persone fidate e importanti capaci di gestire per suo conto quell'impero milionario.»

«I Commercialisti, Salvatore Virzì di Reggio Calabria e Ettore Negrini, locale di Massa Lombarda, gli curavano il suo patrimonio fiscale e societario», continuò Massimo.

«Ettore Negrini? Presidente della squadra locale di basket? Quell'Ettore lì?», chiesi io.

«Proprio quello lì! Ogni tanto ricevono aiuto anche da qualche finanziere corrotto, come Giuseppe Lo Monaco di Lugo di Romagna che fa da sentinella a Femia in occasione di accertamenti fiscali nelle sue società. Femia in questi anni riesce a costruirsi un sistema di conoscenze e di relazioni che garantiscono sicurezza e tranquillità agli enormi capitali destinati al riciclaggio. Ti faccio l'esempio perfetto dell'organigramma con cui ha costruito il suo impero» disse Massimo con penna alla mano e un secondo tovagliolo su cui disegnare.

«A giugno del 2010 Rocco Femia fonda la "Mani Immobiliare srl", la intesta ai suoi due figli e con questa società acquista diciassettemila metri quadrati di terreno edificabile nel Comune di Conselice. In una intercettazione Femia afferma di volerci realizzare una cinquantina di villette. Ma non si ferma qui: alla Effe Gestioni, altra sua società, intestata alla sua compagna russa, affida la gestione dell'hotel di Punta Marina. Edilizia e servizi turistici. Così ripulisce i suoi proventi del gioco d'azzardo. Per Rocco i soldi non sono un problema, movimentarli è semplice, rapido e sicuro.»

Da narcotrafficante per le 'ndrine a imprenditore emigrato e consulente dei casalesi. Fissai il mio sguardo sullo schema di Massimo disegnato su quel fazzoletto. Mi persi tra i tanti volti, i nomi, le cifre da incrociare con il solito risultato, uguale da nord a sud. I soliti tre obbiettivi: incassare, riciclare, reinvestire.

Concluse Massimo, sorseggiando l'ultima goccia di birra «ma la richiesta di riconoscere l'associazione a delinquere di stampo mafioso per numerosi indagati nell'inchiesta Black Monkeys, presentata dalla Procura distrettuale antimafia di Bologna viene respinta dal Tribunale del Riesame di Bologna.

L'accusa sostiene che Femia sia stato il capo di una organizzazione che gestiva e manometteva slot machine e videogame online in tutta Italia per decine di milioni di euro. Ma per tutti rimane l'accusa di associazione a delinquere semplice, perché il fatto che gli indagati abbiano usato metodi mafiosi come le estorsioni, i sequestri, il riciclaggio di grosse somme di denaro, non è stato sufficiente a riconoscere l'associazione mafiosa per Femia ed i suoi fedelissimi.»

Guardai Giulia con un sorriso amaro, le dissi:

«Davanti a questa storia mi sento già sconfitto. Nonostante il corposo impianto accusatorio, Rocco Femia ne è uscito quasi indenne!

Non sono bastate le intercettazioni, i legami e le amicizie di con noti esponenti del mondo politico e soprattutto delle diverse famiglie criminali.

Questa sentenza dice il contrario di quel che invece sembra. Restiamo disorientati perché l'uomo resterà un criminale qualunque, che dovrà rispondere di sequestro a scopo di estorsione e corruzione ma non di associazione mafiosa. Non so che dire! Certo non si può parlare di una vittoria, ma piuttosto una misera consolazione.»

Osservai il volto di Giulia, lessi nei suoi occhi l'amarezza di una sconfitta e come poche ore prima fece con i suoi appunti, anche io, dalla rabbia, gettai via i miei.

TERRA LIQUIDA

Rimini, 15 settembre 2013

«Non sono qui per raccontarvi la solita storia della Romagna terra di divertimento e svaghi, degli affari immobiliari e finanziari. Di questa terra a due passi da San Marino, piccolo paradiso fiscale di circa sessantuno chilometri, non vorrei parlare, ma non posso far finta di niente.

Qui le mafie, aiutate dal benessere e da relazioni compiacenti, fanno importanti conquiste. Usano forza e violenza, ma soprattutto possono contare, in tanti settori della società, su persone disposte a farsi corrompere.

Qui i signori del crimine ripuliscono denaro con estrema facilità, in modo veloce, senza lasciare tracce.

Si vive in un luogo inaspettatamente neutro, dove la parola guerra è stata sostituita dalla parola pax mafiosa: cosa nostra cede il lavoro alla 'ndrangheta che poi fa affari con la camorra.

In Romagna puoi sederti attorno ad un tavolo da gioco e rientrare a casa in mutande, ritrovarti vittima del gioco d'azzardo, business della 'ndrangheta, e nello stesso tempo poter stringere le mani di qualche camorrista che ti tira fuori dai guai concedendoti un prestito legale, pulito, attraverso qualche società finanziaria diretta dallo stesso o da qualche prestanome.

È una terra liquida, questa terra di Romagna, dove il crimine vive indisturbato: specchio di un paese che continua a fingere di non vedere, a lasciare senza ascolto le urla di chi denuncia un radicamento mafioso invasivo e profondo, ben diverso da come finora ci è stato raccontato. Qui le dita non servono per premere il grilletto, ma per contare il denaro.

In questi mesi sto viaggiando molto, da Piacenza a Ravenna, percorrendo la regione tra campi di grano, parcheggi umidi, cupole, piazze vuote e spiagge affollate alla ricerca di storie che legano queste terre alle mafie. Quelle italiane, quelle straniere.

Non posso nascondere che questa terra mi ha confuso, mi ha distratto rallentando il mio viaggio. Troppi i clan, gli intrecci, le spaccature e le scissioni.

Una terra dove le storie costruiscono altre storie, e si rischia di perdersi nei troppi nomi, troppi cognomi, troppe operazioni e inchieste.

Non so rendermi conto di come la gente non si sia accorta di ciò che lentamente stava succedendo alle loro città.

Capisco che la presenza della criminalità mafiosa non sia un problema di facile comprensione.

Per me invece è stato fin troppo facile riconoscerlo, perché il crimine io l'ho vissuto in strada e l'ho vissuto in casa.

Sarei un ingenuo se chiedessi alla gente di Romagna di fare come me e di investire ogni loro energia in questa lotta.

C'è del personale nelle mie scelte.

Penso però che i romagnoli debbano cercare di capire e conoscere chi tiene in ostaggio questa terra. Le mafie ci sono e sono pericolose; è normale temerle, ma è anche necessario combatterle. Non con rischiosi atti di eroismo, ma la fiducia nelle persone e nelle istituzioni che ogni giorno lottano per fare emergere la loro pervasività.

A Rimini, nel 2008, un gruppo di ragazzi fondano GAP, acronimo di Gruppo Antimafia Pio La Torre un'associazione che comincia ad occuparsi di contrasto alle mafie e, in pochi anni, diventano sentinelle di legalità, agiscono da piccolo osservatorio, scrivono dossier, articoli, fanno inchieste, che danno a tutti la possibilità di capire cosa accade e che io non sono venuto qui per fare rivelazioni e parlare di fatti sconosciuti, ma per far capire che è arrivato il momento di aprire gli occhi e di non chiuderli più.

I ragazzi di GAP stanno facendo il lavoro più difficile, forse quello più pericoloso, non bisogna lasciarli soli, è importante conoscerli, ascoltare il racconto delle loro esperienze, dei loro viaggi in territori di mafia e di antimafia, del loro cambiamento al ritorno da Corleone, dai terreni confiscati e di come, rientrati a casa diversi, hanno scoperto di avere una nuova percezione delle mafie al sud, ma soprattutto di quel che sono le mafie al nord. Ragazzi che, a Rimini hanno sentito l'esigenza di contribuire alla costruzione di ponti di legalità tra il nord e il sud, aiutare a liberare il sud, ma nello stesso tempo capire fino a quando il ricco nord, la tranquilla e colorata Romagna resterà aggrovigliata nella matassa mafiosa.

Ragazzi partiti dal gioco d'azzardo che si ritrovano in una giungla dove le bische clandestine sono solo la punta dell'iceberg di un sistema mafioso articolato e complesso.

È dai loro dossier, dai loro appunti, dalle loro mail che sono partito per conoscere e raccontare questo territorio.

Spero che tanti riminesi abbiano la voglia di leggere ciò che ho letto io, di prendere alcune pagine, anche poche, di quelle scritte dai ragazzi.

E sarebbe finalmente facile provare stupore nel leggere quei dati, rabbia per i casi di collusione di cittadini onesti.

Imprenditori del nord, cittadini con villetta bifamiliare e conto in banca a San Marino che fanno accordi con i clan nel nome di un'economia veloce e spietata.

La mente più abile e resistente del sistema criminale riminese che instaura rapporti con diversi esponenti del crimine campano, stringe mani di notai e imprenditori, politici e commercianti, usa la violenza per intimidire, spaventare e convincere le sue vittime. Sto parlando di Francesco Vallefuoco detto Franco, campano della provincia di Napoli. Di Brusciano. Uomo legato ai Mariniello di Acerra, clan affiliato a Carmine Schiavone figlio del boss indiscusso del clan dei casalesi.

Franco ha cominciato qui, con un panificio, vincendo addirittura gare di appalto per la distribuzione del suo pane nelle mense scolastiche per conto di CASMT per arrivare ad occuparsi di usura, estorsione, rimpiego di denaro sporco assieme all'imprenditore Roberto Zavoli.

Vallefuoco - Zavoli mettono su un sistema legale di recupero crediti grazie alla creazione di un'agenzia ISES con sedi a Rimini, San Marino e Castelfranco Emilia. Con gli utili, soldi sporchi, macchiati dal sangue delle loro vittime, fanno il loro ingresso in una società di finanziaria, la Fincapital, di proprietà del notaio sanmarinese Livio Baciocchi.

Finanziaria che nel tempo diventa una “lavanderia” per uomini legati ai Vallefuoco e ai Mariniello, ma soprattutto a quelli legati agli Schiavone, presenti sul territorio nel settore della ristrutturazione immobiliare. È il momento di riflettere. Questi sono solo pochi nomi, solo l'inizio della storia, di merda c'è ne tanta da raccontare.

Non bisogna abituarsi alla puzza.»

Ero in platea, in un locale del Borgo di Rimini, invitato a parlare di mafie. Un centinaio di persone, in una di quelle domeniche che salutano l'estate con piogge torrenziali.

Sul finire del mio intervento notai la curiosità sui volti di chi mi ascoltava, il desiderio che non fermassi lì quel discorso. Sentii che i sorrisi e le strette di mano dei riminesi non erano solo per me, ma che volevano essere un grazie anche al lavoro dei ragazzi del GAP.

Mentre li osservavo, mi accorsi di una ragazza che applaudiva con le lacrime agli occhi.

Rebecca, trent'anni, volto pulito, acqua e sapone. Portava al collo, come ciondolo, una stella di David, si avvicinò a me imbarazzata. Si mise in un angolo della sala e attese l'attimo giusto per avvicinarsi a me, quando ormai il pubblico mi aveva lasciato solo e stanco, seduto su uno sgabello a riposarmi e riflettere.

«Mi sono sentita un'emerita ignorante perché non conosco i ragazzi del Gruppo Pio La Torre», mi disse porgendomi la mano, calda, sudata.

«È comprensibile che tu non sapessi del coraggio e della determinazione di Patrick, Davide e di tutti i ragazzi che seguono le attività del GAP. Sono, come me, ragazzi impegnati in una lotta che sembra essere sempre più d'elite» - le dissi sorseggiando un bicchiere di acqua minerale.

«No, invece mi ha fatto male», mi rispose Rebecca abbassando lo sguardo sulle sue scarpe.

«Non capisco, ti vedo provata.»

«Una storia lunga, la mia.Ti posso rivedere con calma... in un posto più tranquillo», mi chiese.

«Certo, ti lascio il mio numero su questo fazzoletto». Lo lesse, mi sorrise. I suoi occhi brillarono.

«Ti chiamo io. Grazie di cuore. A presto.»

Rebecca mi chiamò qualche giorno dopo e mi chiese di poterla incontrare in un bar a pochi passi dalla stazione di Rimini. Non esitai un momento. Chiamai Giulia.

«Corro a Rimini, poi ti spiego.»

«Ti accompagno?»

«Tranquilla, ti chiamo appena rientro.»

Fremevo dall'ansia di ascoltare ciò che aveva da dirmi, sentivo che poteva trattarsi di qualcosa di importante, e così fu. Quel pomeriggio Rebecca mi donò la sua storia, mi fece entrare nel suo passato, conoscere il suo presente.

«Allora, promesso.»

«Fidati di me. Se vuoi restare nell'anonimato io rispetterò la tua scelta.»

Fece un lungo respiro, rimase in silenzio per più di venti secondi.

«Mi ha colpito molto il tuo intervento. Sentirti citare il lavoro di quei ragazzi per me è stato illuminante. È bello sapere che ci sono coetanei che con il loro lavoro possono aiutare a capire, conoscere e, perché no, affrontare il problema mafie in questa città.

Ho chiesto di rivederti perché sono certa che tra alcune di quelle persone che hai nominato quel pomeriggio ci sono anche loro, quei bastardi che mi hanno distrutto la famiglia.

Quei luridi che hanno trasformato mio padre in un cane bastonato, che hanno fatto scappare mia madre, che mi hanno spezzato il sonno da ragazza spargendo terrore in casa. Sono sicuro che tra quei nomi ci sono i colpevoli di tutto questo. Non so se chiamarli mafiosi o parassiti senza scrupoli, quel che so e che mi hanno rovinato una vita.

Mio padre aveva il vizio del gioco, le carte erano la sua passione. Qui si è sempre giocato. Forse è per questo che *slot machine* e *videopoker* hanno trovato spazio in ogni angolo di questa città.

Mio padre giocava solo a carte.

Ha cominciato e ha finito con le carte.

Il poker è stata la sua rovina.

Il poker mi ha tolto la casa, l'auto, mi ha tolto la madre.

Mio padre stava affogando nei debiti, mia madre non ha retto più. Una notte, era dicembre, pochi giorni dal Natale, ci ha lasciati. Ho sofferto molto la sua decisione di scappare. Mi sono sempre chiesta perché non mi ha mai svegliata nel sonno per dirmi: "scappo, non reggo tutto questo, vieni con me, rifacciamoci una vita".

Forse sapeva che non avrei mai lasciato solo mio padre, non avrei mai avuto il coraggio, forse perché papà raccontò prima a me l'inferno che stava passando, chiese prima a me di aiutarlo o forse perché infondo non si erano mai amati davvero, fui un incidente di percorso, si sposarono per volere dei nonni. Non so. Quel che so e che mia madre ci ha lasciati soli.

Papà è morto lo scorso anno. Infarto. Prima di morire per tre mesi è stato in ospedale. Mia madre non si è vista. È sparita.

Volevo tanto poterla abbracciare e dirle che ormai era tutto finito, che da soli, io e papà, eravamo riusciti ad uscire da quel tunnel buio. Da soli, senza niente perché il gioco ci aveva tolto tutto; soli con i miei seicento euro al mese da segretaria per uno studio odontoiatrico. Ma ce l'avevamo fatta. Avrei tanto voluto poterle dire "mamma, è stata dura ma noi, da soli, ci siamo riusciti.»

«Quanto ha perso tuo padre con il gioco?»

«In quel maledetto circolo, a Riccione, in Viale Ceccarini, mio padre in una notte aveva perso il suo panificio e la bottega ereditata dal nonno, piccola ma accogliente. Si era giocato il suo passato in una partita di carte durata un'intera notte. Era convinto di vincere quel giorno, di potersi rifare delle tante sconfitte, si ritrovò invece senza più nulla. Per tentare di salvare almeno la bottega, chiese prestiti a certi imprenditori casertani per poter ripagare i debiti di gioco. Un prestito che si è triplicato in meno di due anni. Una prigione da cui non sapevamo come uscire. Fu allora che papà dovette vendere anche la bottega. Ci aveva provato a pagare quel debito, ma ogni volta ritardava il pagamento di una rata, ce lo ricordavano con crudeltà. Per anni ci hanno tormentati anche di notte. Prima con le telefonate, poi con i messaggi alla porta, fino a quando una sera, al mio rientro da lavoro, me li ritrovai nel garage di casa.

Erano in due, si avvicinarono, mi mancò il respiro per la paura. Pregavo che non mi facessero del male. Si avvicinarono al mio viso sfiorandomi le orecchie, le guance, portarono i loro nasi sul mio mento. Mi annusavano come cani. Mi sentii una preda indifesa.

Ancora ricordo il loro respiro sul mio collo.

Non fecero altro, durò pochi minuti poi, senza dire una parola, andarono via lasciandomi da sola nel buio del garage.

Mi pisciai addosso. Si, non mi vergogno a dire che dalla paura mi pisciai addosso.»

«Cosa volevano da te?»

«Da me nulla, da mio padre circa centomila euro. Il restante dei soldi che gli doveva. Non ci restò altro da fare che vendere la nostra casa e le nostre due auto. Abbiamo recuperato anche qualcosa da alcuni vecchi buoni fruttiferi che, negli anni, mio nonno aveva aperto a mio nome e gli abbiamo dato tutto ciò che avevamo. Fu straziante contare le decine di banconote sul tavolo di casa e sapere che, il frutto di anni di lavoro e di risparmi, sarebbero spariti al prossimo suono di citofono.»

«Hai mai visto in faccia chi pretendeva questi soldi?»

«No, per anni ho chiesto inutilmente a mio padre di farmeli conoscere. Venivano sempre i soliti due animali a ritirare. Ci si sente frustrati e impotenti per non essere mai riusciti ad incrociare lo sguardo di chi ci ha tolto tutto, anche la vita a tuo padre.»

«Sapresti riconoscere i due uomini che ti hanno minacciata nel garage di casa tua?»

«Non mi importa, ormai sono rimasta sola. Tu sai che ormai è inutile.»

«Perché mi hai chiesto di volermi incontrare, ho come l'impressione che hai bisogno di qualcosa da me.»

«Certezze. Forse nessun magistrato potrà mai aprire un fascicolo su mio padre. Io sto pagando e pagherò per sempre la sua scelta di non parlare subendo tutto in silenzio. Pagherò anche la mia scelta di non averci mai provato a difenderlo con la giustizia, ma ora voglio finalmente guardare in faccia i miei carnefici. Voglio conoscere i nomi degli altri imprenditori, voglio sapere perché io, almeno io, vorrei difendermi.

Hai fatto dei nomi l'altro giorno, mi hai detto che ci sono le prove e se mio padre potrebbe far parte degli imprenditori vittime di quel Vallefuoco. Dimmelo, ti prego!»

Rebecca cominciò un lungo pianto. Mentre le sue lacrime le scioglievano il trucco, straziandomi il cuore, pensai che forse, davvero, suo padre era stato vittima di Francesco Vallefuoco e di Roberto Zavoli che per decenni, sul territorio romagnolo, avevano spogliato chi si era rivolto a loro per un prestito.

Pensai che quel padre, panettiere, tra la farina conobbe Francesco Vallefuoco che, vedendolo in difficoltà con i calabresi che gestivano il circolo in viale Ceccarini, il Circolo del Mare, gestito per anni dallo 'ndranghetista Saverio Masellis, passò all'attacco con il suo solito modo di fare: "ti concedo un prestito, ma voglio il 50% in più".

Pensai che anche il padre di Rebecca si era ritrovato in questo giro, come tanti altri imprenditori che non hanno denunciato e che forse mai denunceranno.

Può capitare di lasciarsi prendere dall'euforia dello scoop, dalla voglia di poter gridare "ho una storia tra le mani che voi non avete", ma non in questo caso. Sul tavolo Rebecca aveva messo troppe prove, troppi indizi che portavano a quegli uomini.

Mi chiedeva aiuto, quella donna con un corpo e un viso da ragazzina. Voleva certezze da me, eppure mentre osservavo il suo fazzoletto annerirsi per il trucco sciolto dalle lacrime, sentii un fastidio alla bocca dello stomaco. Impotente, così mi fecero sentire quelle lacrime, impotente perché, per la prima volta non ero sicuro della storia che avevo ascoltato. Soprattutto non ero sicuro delle mie conoscenze, non ero sicuro di potermi prendere la responsabilità di dire a Rebecca "si, sono loro. Tuo padre fa parte di quelle vittime".

Mi sentii indifeso proprio come la platea di quel pomeriggio del 15 settembre. Mi senti come loro.

Rebecca restava in attesa, ma io non riuscii a fare uscire neanche una vocale dalla gola.

Passarono tanti lunghi minuti, poi capì e amareggiata riprese la sua borsa, lasciò cinque euro sul tavolo e senza dire nulla andò via lasciandomi i suoi fazzoletti sporchi per il pianto, per il dolore, per una ferita che sperava di risanare con il mio aiuto ma che, forse, il mio silenzio aveva riaperto.

Tornai a Bologna, la storia di Rebecca non mi fece dormire per giorni. Per me fu doloroso ascoltarla, doloroso tanto quanto il fatto di non essere riuscito a darle una risposta. Per giorni lessi tutto il materiale su Francesco Vallefuoco ma chiudevo sempre l'ultima pagina con un senso di sconfitta.

Giulia per giorni tentò di contattarmi, voleva sapere come era andata a Rimini, mi chiedeva quando e a chi avremmo chiesto di donarci la storia che avrebbe fatto terminare il nostro viaggio.

Ci incontrammo in una piazza Maggiore affollata.

In giro trampolieri, musicisti rallegravano le domeniche bolognesi.

Il sole illuminava la facciata di plastica della Basilica di San Petronio avvolta da un enorme telo, che, ormai da troppi anni, ne nasconde la mastodontica architettura.

Giulia arrivò quel pomeriggio con una sola richiesta.

Raccontarle di Rimini.

Ed io cominciai a parlare della storia di Rebecca e delle sue lacrime, del padre e della madre, ma lei capì che non avevo detto tutto, che nascondevo qualcosa.

«È tutto?»

«Sì. Perché?»

«Non mi convince il tuo sguardo. Dimmi la verità!»

«La verità è che sento di aver fallito!», non ci pensai più di due secondi. Era questa la verità.

«Fallito? Cosa?»

«Rebecca. Non riesco a togliermela dalla testa. Mi ha chiesto aiuto ma non ci sono riuscito. Non ho saputo dirle altro che la sua storia avrebbe trovato spazio nel racconto del nostro viaggio. Nient'altro.»

«Nient'altro? Alessà, noi questo abbiamo: la parola. Altro non possiamo fare.»

«È poco!»

«Come fai a dire che è poco?»

«Sento che è poco!»

«Sono mesi che studiamo documenti, volti, nomi, cifre, che cerchiamo di valutare la quantità di denaro che le mafie hanno investito in questa regione. Questo lavoro, secondo te, è poco?»

«Non mi riferivo a questo.»

«E a cosa allora? Prova a immaginare le facce dei tanti ragazzi che leggeranno questo nostro viaggio: si stupiranno, si arrabbieranno, piangeranno, batteranno i pugni sui loro banchi di scuola. Ma tireranno fuori il meglio di sé stessi, le loro emozioni più vere, esattamente come abbiamo fatto noi. Per me questo non è poco.

Capisco la tua sensazione di sconfitta, ma nella vita non si possono avere risposte a tutte le domande. Sapevamo, già prima di cominciare che questo viaggio non sarebbe stato facile, che i nostri nervi non avrebbero sempre retto alle storie che avremmo ascoltato da persone che, come noi e anche meglio di noi, tutti giorni tentano di liberare e proteggere questa regione dalle mani delle organizzazioni criminali. Ed è stata proprio la rabbia, la non rassegnazione, la voglia di capire che ci ha permesso di arrivare fin qui, di non fermarci a metà strada.

Quelle che abbiamo raccolto sono storie di persone che non si sono arrese, che sono scappate da territori difficili, ma che hanno sempre creduto che la cosa migliore da fare fosse quella di non restare in silenzio.

Cosa vuoi fare ora? Vuoi arrenderti? Non credo che Rebecca ti abbia chiesto questo?

In questi mesi di lavoro non sono esistiti più orologi, abbiamo spesso confuso il giorno con la notte, fermi davanti allo schermo del computer, seduti alle nostre scrivanie coperte da appunti, mappe, percorsi, voci. La nostra volontà, quasi un'ossessione, è sempre stata quella di rispettare la verità, raccogliere informazioni precise, non tralasciare dettagli che ti hanno permesso di scrivere le storie incontrate nel nostro viaggio.

Non possiamo arrenderci! Il nostro è un impegno civile, perché è civile la società che vogliamo provare a ricostruire, una società fatta di giovani arrabbiati, curiosi, impegnati, responsabili, che non si lasciano sopraffare dall'arroganza e la violenza delle mafie.

E noi per questi giovani abbiamo deciso di raccontare. Ti sembra poco?»

«No, certo che no.»

«Tu devi scrivere, altro non devi fare. Nicoletta, Elena, Cai-yan, Rebecca hanno condiviso con te le loro ferite. I loro dolori. Ti hanno lasciato entrare nelle loro vite perché hanno capito che tu vuoi solo far conoscere le loro storie e impedire che possano diventare anch'essi vittime dello stesso tragico vortice.

I ragazzi di Cortocirucito, del GDZ e del GAP si sono fidati di te e ti hanno donato tutte le informazioni che sapevano sul fenomeno mafioso nei loro territori. Non hanno chiesto nulla in cambio perché sanno che anche la tua di voler raccontare le loro storie, è una scelta ardua.

Difficile.

Impensabile per uno scrittore qualsiasi.

Ed io? Lo sai perché sono qua a convincerti che quel che fai non è poco?»

«No, perché?»

«Da mesi ti aiuto nella ricerca dei dati con cui tu ci stai costruendo racconti e lo fai grazie alla tua esperienza, alla tua mano e alla tua mente che corrono veloci fino a raggiungere l'obiettivo comune: raccontare la verità. Quella stessa verità che la gente qui non vuole sentire, non può sentire, non accetta.

Se smetti di correre, se esiti anche un solo giorno, perderemo la nostra sfida comune.

Storie come quelle di Rebecca, ti alimentano quella sana e genuina ossessione nel non voler mollare.

Non mollare. Torna ad essere incazzato, curioso e testardo come sempre.»

GIORNALISTA-GIORNALISTA

Prima o poi bisogna mettere un punto.

La scrittura, quando nasce dallo stomaco per arrivare fino ai polpastrelli e battere a ritmo serrato i tasti del proprio PC, sente l'esigenza di darsi un limite, di fermarsi, di stopparsi per un istante. Una lunga pausa, ti aiuta a metabolizzare ciò che hai espulso e capire se continuare oppure lasciare ad altri il dovere di aggiungere altre pagine.

E qui, io e Giulia abbiamo deciso di fermarci, di mettere un punto alla nostra scrittura. Siamo alle pagine finali che per noi rappresentano un traguardo, ma che per chi legge, sono un punto di partenza.

Ci siamo chiesti a quale storia avremmo dato il compito di dire al lettore "ora tocca a te".

Senza esitazione abbiamo scelto di raccontare la storia di Giovanni Tizian, il giornalista che più di altri ha parlato, in questi anni, delle mafie in Emilia Romagna pagando il prezzo più caro, una vita sotto scorta.

L'abbiamo subito contattato, fiduciosi nella sua disponibilità che con le sue inchieste lo ha fatto diventare un importante punto di riferimento per associazioni, imprenditori, singoli cittadini, che hanno fame di conoscenza del fenomeno mafie.

Il suo lavoro da giornalista ha aperto menti, sturato orecchie di finti sordi, incuriosito i più scettici.

Quando dissi a Giovanni: «Credo sia giusto chiudere il mio libro con la tua storia», lui pronunciò un timido «grazie, comincia pure poi ci sentiamo.»

«No. Preferisco passare un pomeriggio con te», risposi io.

Avrei potuto scrivere tranquillamente la storia di Giovanni ricostruendola con le sue tante inchieste, le interviste lasciate in questi anni, ma non lo feci. Non chiesi a Giulia di fare ricerche e lei capì subito il perché:

«Avete molte cose in comune, due storie con un passato così diverso, ma con un presente così simile. È giusto che questo libro vi faccia incontrare. Vai tu da lui.»

Così è stato. Per me fu molto emozionante.

Arrivai a Modena, sotto casa di Giovanni, con circa un'ora di anticipo. Per spezzare l'attesa girai per le stradine e i parchi adiacenti. Mi fermai su una panchina, presi il mio taccuino e diedi una lettura ai vecchi appunti. Sapevo che era per noi la nostra ultima storia, mi feci un viaggio a ritroso alla ricerca di qualche indizio dal quale poter aggiungere domande all'incontro con Giovanni.

Prendevo appunti, sfogliavo le mie storie, sfogliavo i due libri di Giovanni: *Gotica* e *La nostra guerra non è mai finita*.

Leggevo, mentre a pochi metri una madre tunisina rideva assieme a un gruppo di giovani connazionali, i loro piccoli erano intenti a giocare con delle biglie.

Le osservai per un istante e sorrisi con loro.

Si imbarazzarono.

Dal gruppetto di bambini si staccò uno curioso e si avvicinò a me, per vedere cosa stessi leggendo.

Era di colore, indossava una maglietta del Milan. Sporco di fango dalla testa ai piedi. Mi guardava e rideva. Un sorriso così aperto che evidenziava la mancanza dei due denti incisivi, come a tutti quelli della sua età.

«Cosa leggi?»

«Il libro di un amico.»

«Un tuo amico ha scritto un libro?»

«Si, anch'io scrivo libri.»

«Sei famoso? Non ti ho mai visto in televisione.»

«No, non sono famoso. Però ogni tanto ci vado in televisione anche se scrivo libri che non interessano alla gente.»

«E allora perché scrivi?»

«Perché spero che prima o poi si convincano a leggermi.»

«Chi è questo ragazzo su questa copertina?», mi disse indicando il viso di Giovanni.

«È il mio amico giornalista.»

«Pensa troppo il tuo amico?»

«Credo di si, perché?»

«Perché è pensieroso. È preoccupato.»

«Tu dici?»

«Si, io dico!»

Prese il libro tra le mani e lesse: «*Ventiquattro anni fa la 'ndrangheta ha ammazzato Peppe Tizian. Oggi suo figlio è giornalista e vive sotto scorta. E la 'ndrangheta minaccia di spararg̀li in bocca.* Merda! Cosa ha fatto questo tuo amico per finire sotto scorta?»

«Ha fatto bene il suo lavoro.»

«Questo è proprio un paese strano. Fai bene il tuo lavoro e finisci sotto scorta. Meglio farsi i cazzi propri.»

«Io non la penso così.»

«Pensa come ti pare. Intanto lui è sotto scorta e non se lo caga nessuno.»

«Hamed, andiamo!», gridò sua madre.

«Ciao amico dello scortato. Alla prossima.»

Lanciò il pallone in aria, lo stoppò di petto, lo poggiò a terra e corse, assieme alla palla verso i suoi amici.

Guardavo l'immagine di Giovanni sulla copertina del libro. Dissi ad alta voce: «Minchia! Ha ragione, Giovanni è davvero pensieroso in questa foto!»

Squillò il telefono mentre osservavo i dettagli del suo volto in copertina; una cosa che prima non avevo fatto nonostante quel libro lo avessi avuto per mesi fra le mani.

Era Giovanni. Il tempo era volato ed io ero in ritardo.

«Ale, dove sei?»

«Giovanni arrivo, sono a due passi da casa tua.»

Presi tutti i miei materiali, li ficcai nel mio zaino e mi diressi a casa sua. Girai l'angolo e lo vidi, dietro alla finestra, che mi aspettava. Mi fece cenno come per dire "eccomi, sono qui".

Fu per me un gesto inaspettato. Giovanni è stato sempre un ragazzo timido, riservato, le prime volte che ci incontravamo a stento ci dicevamo buon giorno. Vederlo dietro i vetri della finestra della sua cucina mi spiazzò: il suo sorriso sembrò cancellare la sua solita aria preoccupata, la sua espressione pensierosa della copertina del suo libro.

Mi accolse alla porta in felpa, pantaloni sportivi e scarpe da ginnastica.

Si mise subito ai fornelli per fare del caffè.

Io cominciai a guardarmi intorno, osservavo la sua casa, calda e colorata. Mi sedetti sul divano del salotto, alzai la testa e feci un sospiro. Uno di quei sospiri con i quali si dice allo stomaco "tranquillo, farai del tuo meglio".

Dopo pochi minuti arrivò anche la madre Mara con il suo compagno Pasquale e la sorella piccola.

Pasquale si sedette al mio fianco e mi raccontò della sua adolescenza a Napoli. È di Bovalino, ma da piccolo si trasferì nel quartiere collinare del Vomero restandoci per trentacinque anni.

Chiesi come aveva fatto a resistere tutto questo tempo a Napoli, provai quasi invidia.

Poi pensai, il Vomero, quartiere di Giancarlo Siani. Pensai che non era un caso. Pensai che Giancarlo, anche quella sera, era presente, lì al mio fianco.

Quel giornalista che all'età di tredici anni una professoressa mi obbligò a leggere per conoscere il nostro territorio, ma anche i nomi e i cognomi di chi stava divorando la nostra città. Restammo sorpresi quando guardammo la foto di Giancarlo portata a scuola da una professoressa. Restammo male quando scoprimmo che quel ragazzo era stato ucciso da uno dei più potenti clan di quegli anni, La nuova famiglia. Giancarlo, un ragazzo semplice, con un viso da adolescente che però era riuscito a spaventare quei boss che noi amavamo tanto imitare.

«*Professorè*, questo coso magro e con gli occhiali da miope avrebbe spaventato i camorristi? Questo non poteva far paura manco al mio gatto!» esclamò Arturo, uno dei ragazzi del gruppo di teatro.

«Ragazzi, per combattere le mafie non c'è bisogno di nessun eroe, può farlo anche il vostro vicino di casa. Può farlo anche questo coso magro e con gli occhiali. Non è questione di forza ma di intelligenza. Giancarlo non sparava con il piombo ma con l'inchiostro.»

Mentre pensavo alle parole della professoressa, osservavo Giovanni versare il caffè nella tazza e pensavo che in fondo questo coetaneo di poche parole, dal viso pensieroso, come mi fece notare pochi minuti prima Hamed, poteva essere anche lui un mio vicino di casa, come Giancarlo.

C'era una bella atmosfera, mi sentivo a casa mia, ci stavo così bene che non feci nulla di convenzionale: lasciai taccuino e registratore nello zaino.

«La 'ndrangheta ha ucciso mio padre la notte del 23 ottobre del 1989.Avevo vent'anni quando chiesi a mia madre di accompagnarmi nel lungo e doloroso esercizio della memoria.

Dopo la morte di mio padre abbiamo lasciato la Calabria e ci siamo trasferiti qui a Modena.

Sono cresciuto con due idee fisse: conoscere la verità sulla sua morte, poter diventare un bravo giornalista.

Quando chiesi alla Gazzetta di Modena di poter scrivere di mafie nessuno sapeva la storia di Peppe Tizian, di Giovanni si sapeva che era un giovane ambizioso e che voleva scrivere di mafie nella tranquilla e provinciale Emilia.»

«Ho messo piede a Bologna all'età di diciotto anni. Avevo lasciato Napoli subito dopo il diploma e l'ennesimo arresto di mio padre. Fui fortunato perché mi seguì anche la mia ragazza, oggi moglie e madre. Lasciammo tutto a un tratto, quasi per gioco, la nostra adolescenza, per fingerci grandi e responsabili.»

«Da ragazzo ho sempre amato scrivere. Articoli ma anche poesie. La mia scelta di fare il giornalista non c'entra né con la morte di mio padre né con il mio arrivo a Modena.

La scelta di fare il giornalista non si incrocia con la scelta di voler percorrere un viaggio nel mio passato, di voler ricordare per risanare una ferita.

Parlare di Mafia per me è come parlare di qualsiasi altro argomento.

Il giornalismo è il mio mestiere, quel mestiere che serve per raccontare le verità, spingere il lettore a chiedere di aiutarlo a conoscere.

L'antimafia è un'azione quotidiana che devono e possono fare tutti, dal calzolaio all'imprenditore, dal giornalista al politico. Non amo che questa parola sia un'esclusiva per alcuni. Non credo esistano giornalisti antimafia, scrittori antimafia, attori antimafia. Credo che esistano cittadini impegnati, quotidianamente, nel lottare le mafie. Senza distinzione di età, di genere, di classe sociale.»

«Ho sempre amato scrivere. Durante i primi anni della scuola media, ho cominciato a scrivere. Prima per il teatro, poi autore di un romanzo.

Scrivevo testi comici, avevo scelto l'impegno civile quando ormai avevo compiuto i ventidue anni. Mi è stato chiesto da un gruppo di giovani di una scuola superiore di Casalecchio di Reno, in provincia di Bologna. Furono loro a chiedermi di prenderli per mano e accompagnarli in un lungo viaggio alla conoscenza di mafia, camorra e 'ndrangheta.

Io da grande volevo addirittura fare il camionista chi si credeva di finire a *scassarelaminchia* a questi mafiosi.»

«È sempre bello quando gli altri ti chiedono aiuto.»

«Colpa del nostro passato fatto di fuochi, di aria acre e maleodorante.»

«Di falso cemento che non regge autostrade.»

«Di amici persi e mai ritrovati.»

«Di amici trovati a pezzi.»

«Un passato che, inevitabilmente, ci ha portato a non far finta di niente, qui su al nord.»

«Quando per tre sere di seguito bruciano capannoni in tre posti diversi tu che pensi?» mi chiese Giovanni.

«Non è ciò che penso veramente, ma ti risponderei: autocombustione», gli risposi.

«Qui, non è così. Ma non bisogna farne una colpa. Certe volte penso che, forse, siamo stati più fortunati noi.»

«Fortunati che assieme a loro abbiamo oltrepassato la linea Gotica.»

«Fortunati per averli raggiunti in tempo.»

«Sono stati più veloci di noi, ma stiamo recuperando.»

«Lontano da Napoli ho capito la mia città. Un tempo dicesti: lasciare la Calabria non fu una fuga ma una partenza verso la libertà.»

«Bovalino ci ha fatto molto male.»

«Cosa si prova a ritrovarsi in un luogo distante migliaia di chilometri con le stesse facce, gli stessi nomi di coloro che in fondo se non mandanti, potrebbero essere complici della morte di tuo padre?»

«Pensi che da loro non si scappa, e che ti toccherà affrontarli perché non vuoi più sbattere pugni sul tavolo dalla rabbia, piangere mentre leggi e rileggi i fascicoli della morte di tuo padre, affrontarli perché sei convinto che il tuo lavoro è quello di smuovere le coscienze, aiutare le persone a capire, combatterli anche se sai che loro sono i più forti. Ma quando ti senti solo, quando capisci che una parola di troppo li ha fatti incazzare, li ha resi furiosi a tal punto da volermi cercare per tutta regione e spararmi in bocca, capisci di non essere solo.

Capisci che oltre gli abbracci di tua madre i sorrisi di tua sorella e le carezze della tua compagna, fuori da queste mura ci sono colleghi pronti a difenderti, pronti ad aiutarti, a scendere in campo assieme a te.

Sai, la prima volta che ho chiesto di scrivere di mafie, il mio caporedattore mi disse di sì, senza alcuna esitazione.

Mi diede subito spazio. Si fidò subito di me ed io del mio giornale. Fece bene, da quel giorno in questa città è capitato di tutto. Da quegli articoli imprenditori e politici hanno capito tanto.»

«Forse troppo.»

«Si, e sto pagando il prezzo più caro: una vita sotto scorta. Ma credimi, sapere che un tuo articolo ha smosso la curiosità non solo dei mafiosi ma anche dei cittadini a tal punto da cercare le mie parole, interpretarle, portarle sempre con sé in un cassetto della scrivania o nel cruscotto dell'auto mi fa credere che in questo paese, il giornalismo, con tutti i difetti che ha, possa servire a qualcosa. A me questo interessa del mio lavoro.»

«Pippo Fava diceva che il giornalismo deve rappresentare la forza essenziale della società...»

«...*Un giornalismo fatto di verità impedisce molte corruzioni, frena la violenza, la criminalità, accelera le opere pubbliche indispensabili...*»

«...*Tiene continuamente allerta le forze dell'ordine, sollecita la costante attenzione della giustizia, impone ai politici il buon governo...*»

«Già. Pippo non si smentisce mai. Tuo padre? Tua cugina? Come hanno preso questa tua scelta di voler raccontare le mafie partendo da te stesso, partendo dal tuo vissuto.»

«Mio padre ha scelto il silenzio stampa, è troppo superficiale per capire scelte così importanti. Mia cugina ha tentato più volte di farmi cambiare idea. Alla fine si è rassegnata al fatto che ho scelto di mettere a nudo la nostra famiglia.

Non mi è mai importato di raccontare le imprese criminali di mio padre e di mia cugina, ma di come abbiamo vissuto le loro scelte: con il silenzio e la superficialità. Con chi sceglie il piombo e la droga non si scherza. Bisogna fare delle scelte radicali e queste scelte vanno fatte senza transigere su niente e nessuno.»

«Zone grigie difficili da contrastare.»

«Non credo sia così. Credo che per combattere il grigio bisogna viverlo partendo dal bianco. Mischiare i due colori e far sì che il grigio non vada verso il nero, ma dalla parte opposta. Non è facile, ma è possibile.»

Il buio scese in fretta, come la pioggia, quella fine, quella che quando cade sembra che neanche ti sfiori, non toccarti ma dopo pochi minuti ti trovi a fare i conti con il tuo corpo inzuppato, fradicio.

Dalla finestra della cucina si intravedeva una Modena silenziosa. Distese di verde a tratti disturbati da palazzoni grigi, sotto i quali anche al sole non riusciresti a scaldarti. Mi venne in mente il mio quartiere, la mia città: Modena come Napoli, la via Emilia come una qualsiasi statale partenopea, come una qualsiasi arteria che collega il sud con il resto del mondo. Periferie non così diverse, accomunate dallo stesso tempo che scorre lento tra quei silenzi e quei vuoti, luoghi dove nulla ti distrae, nulla riesce a distogliere il tuo sguardo da un ragazzino che gioca da solo, sotto ad un portone, tra le auto parcheggiate. Come il giovane Hamed, che quella sera neanche la pioggia era riuscita a fermare. Palleggiava, tirava calci al suo pallone. Lo guardai dalla finestra della cucina di Giovanni, sorrisi nel vederlo tirare con grinta calci al suo pallone. Ad ogni tiro aumentava la forza, lanciava sempre più in alto sperando di riuscire a bucare il cielo.

«Da bambino giocavo in difesa - dissi a Giovanni mentre osservavamo quel piccolo campione danzare con il suo pallone - amavo difendere la porta, riuscire a rubare palla all'avversario per poi lanciarla in attacco. Tiravo delle sciabole stringendo i denti e pregando che la palla potesse cadere sul piede giusto e vederla rotolare in rete. In squadra avevamo tanti buoni difensori e troppi pochi attaccanti. Segnavamo poco ma ci difendevamo tanto.»

«All'italiana: difesa a catenaccio.»

«Si, ma a fine stagione ci sentivamo stanchi e delusi.»

«Volevate la coppa, portare una vittoria a casa.»

«Portavamo solo degli inutili pareggi.»

«Perché da piccoli è difficile capire il valore della resistenza, capire che è quella la vera vittoria quotidiana.»

«L'ho capito più tardi che, dentro o fuori a un campo, oggi, più che mai, non mollare è già una vittoria, vale più di qualsiasi coppa alzata al cielo. Siamo chiamati a formare degli attaccanti pronti a scendere in campo e vincerla questa partita.»

«Saresti in grado di allenare una squadra? Non ti ci vedo, ti vedo pigro», mi disse Giovanni con un leggero sorriso.

«Infatti, lo potresti fare tu. Io potrei darti consigli sulla formazione», gli risposi in modo provocatorio.

«Ti lascio a difesa, io resto in panchina.»

«Certo, gli allenatori scendono in campo solo durante gli allenamenti», risposi io.

«Ad una sola condizione?», mi disse Giovanni.

«Quale?»

«Che mi fai presidente Patrick del GAP di Rimini.»

«È la persona giusta - gli risposi io - ci sa fare con la parola. È un buon chiacchierone, farebbe parlare di se con molta facilità.»

«Chi mettiamo in porta?»

«Massimo del GDZ di Ravenna. Ci vuole un tipo pacato, nervi saldi e sguardo attento. Massimo secondo me strapperebbe a morsi il cuoio dei palloni.»

«Sì, ma in difesa non puoi fare tutto tu.»

«In difesa lascia me e Giulia. Faremo sputare sangue agli avversari.»

«In attacco?»

Ci guardammo per un istante, i nostri sguardi si intrecciarono per pochi secondi.

«In attacco ci mettiamo i ragazzi di Cortocircuito. Sono giovani, hanno talento, hanno voglia di vincerla questa cazzo di partita.»

«La stessa voglia che abbiamo tutti noi. Una genuina ossessione, di voler scendere in campo per lottare ed uscirne sempre a testa alta.»

«Scendere in campo pensando che non ci sono finali da disputare ma solo prime di campionato.»

«Scendere con quell'ossessione di voler, a tutti i costi, formare un esercito di attaccanti.»

«Ci vorrà tempo.»

«Noi non abbiamo altri impegni a parte non darci pace?»

Libero di svolgere mansioni adatte a prestabiliti accordi / seguo la scia di chi accarezza i sogni delicatamente / troppo delicatamente.

Munito di giorni illuminati / nascosti in scombinati fogli / cerco la via di chi assapora l'aria dell'esistenza / di una concreta esistenza.

Lo vedi il vento sta cambiando ora / adesso soffia un po' più in là / avrò contato più di cento passi da qui all'eternità.

Lo vedi il tempo sta cambiando ancora / fra poco forse pioverà / saranno forse più di mille i passi da qui all'eternità.

Libero di tramutare specchi / figure di coinvolgimenti mentali / vedo la mia libera coscienza sognare / infinitamente sognare.

Lo vedi il vento sta cambiando ora / adesso soffia un po' più in là / avrò contato più di cento passi da qui all'eternità.

Lo vedi il tempo sta cambiando ancora / fra poco forse pioverà / saranno forse più di mille i passi da qui all'eternità.

Da qui all'eternità (Cento passi), Antonio Passafiume

RINGRAZIAMENTI

A Nicoletta che ci ha aperto il suo cuore.

A Ilaria, Rita e a tutte le Volontarie di "Non si tratta" (Bologna) per averci donato le loro storie.

Ai ragazzi di "Cortocircuito" (Reggio Emilia) fiduciosi che le vittorie si ottengono nel tempo.

A Patrick, Davide e a tutti i ragazzi del Gruppo Antimafia Pio La Torre (Rimini), per lunghe chiacchierate in una Romagna accogliente e calorosa come sempre.

Grazie a Massimo e ai ragazzi del Gruppo dello Zuccherificio (Ravenna) per averci spinto a non mollare mai, a non lasciare mai la presa.

A Giovanni, per non aver mai smesso di scrivere, e mai lo farà.

A Maria Cristina Sarò che ci ha seguiti all'ombra.

A Mario Gelardi, Antonio Nicaso, Alessandro Pecoraro e Vincenzo Soddu per averci rassicurato.

A Gaetano Alessi, Miriam Capuano, Salvo Ognibene per esserci sempre stati.

INDICE

PERCHÉ CARACÒ

Caracò in napoletano arcaico vuol dire chiocciola.
Il legame fra ciò che appartiene alla tradizione e ciò che simboleggia la modernità è il fondamento del nostro modo di pensare. Perché puntiamo a creare qualcosa di profondamente antico come un libro, ma a farlo in maniera nuova, moderna, e libera. Al di fuori delle logiche di distribuzione tradizionali e sfruttando al massimo le potenzialità del web.

Le nostre collane sono:
Singoli - racconti lunghi, romanzi brevi;
Testimoni - libri di storie e testimoni del nostro tempo;
Teatri di carta - drammaturgia contemporanea, grandi classici del teatro, materiali di studio;
Cosmi - saggi, favole e tutto quello che la fantasia degli scrittori propone.

Caracò vuol dire un patto di ferro con il lettore, abolendo ogni forma di mediazione.
Caracò vuol dire raccontare la realtà. Lavorare sul presente. Promuovere autori e formare nuovi lettori, eleggendo scuole e circuiti alternativi a nuovi punti di incontro.
Caracò vuol dire darsi uno statuto etico, diventare un vero e proprio osservatorio civile dove teatro e letteratura possano incrociarsi e produrre un'idea di cultura accessibile e originale.
Caracò vuol dire nuove sfide, l'ambizione di ritagliarci uno spazio in un mercato saturo ma legato a logiche vecchie. Crediamo nel lavoro, nelle idee, nella collaborazione. Miriamo a formare testimoni, sia tra chi sceglie di scrivere per noi una storia, sia tra chi decide di leggerla.
Vogliamo riscoprire il ruolo del libraio e il valore delle piccole librerie sul territorio, creando dei POP, dei punti di presenza esclusivi in ogni città, dove sarà possibile trovare i nostri libri.
Caracò è tutto questo. O, almeno, proverà a esserlo.

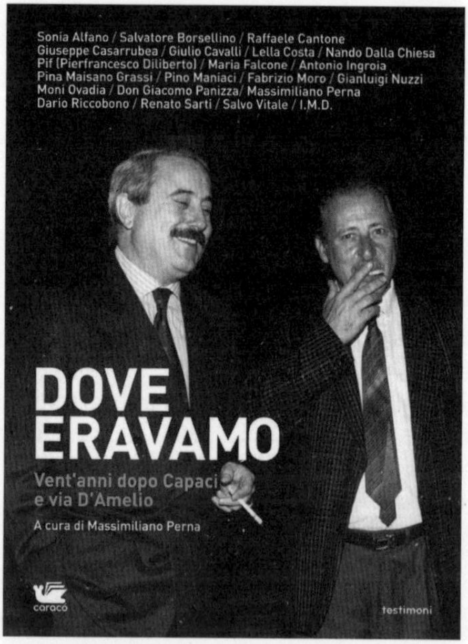
Sonia Alfano / Salvatore Borsellino / Raffaele Cantone
Giuseppe Casarrubea / Giulio Cavalli / Lella Costa / Nando Dalla Chiesa
Pif (Pierfrancesco Diliberto) / Maria Falcone / Antonio Ingroia
Pina Maisano Grassi / Pino Maniaci / Fabrizio Moro / Gianluigi Nuzzi
Moni Ovadia / Don Giacomo Panizza/ Massimiliano Perna
Dario Riccobono / Renato Sarti / Salvo Vitale / I.M.D.
DOVE
ERAVAMO
Vent'anni dopo Capaci
e via D'Amelio
A cura di Massimiliano Perna
caracò
testimoni

Nella stessa collana:

DOVE ERAVAMO

Vent'anni dopo capaci e via D'Amelio

23 maggio e 19 luglio 1992: la mafia e i suoi complici di Stato uccidono Giovanni Falcone, Paolo Borsellino, otto agenti delle scorte e Francesca Morvillo. L'Italia è in ginocchio, scossa, ferita. Sembra il colpo mortale alla speranza di battere la mafia. E invece c'è una cittadinanza che reagisce, c'è il coro "fuori la mafia dallo Stato" urlato di fronte alla cattedrale di Palermo, ci sono i fischi e gli insulti alle autorità, le lenzuola bianche, le associazioni antimafia, il consolidamento di una cultura che ha portato la Sicilia e l'Italia intera a uscire dal silenzio, ad aver meno paura e a reclamare una verità che tarda ad arrivare.
Dove eravamo noi in quel momento? Come abbiamo guardato al futuro, in che misura siamo cambiati e quanto le stragi del '92 hanno inciso sulla nostra vita e sulle nostre scelte? A vent'anni dagli attentati di Capaci e via D'Amelio, questo libro prova a raccontare quei giorni drammatici attraverso la testimonianza di chi li ha vissuti. Non solo familiari, magistrati, giornalisti, poliziotti, persone all'epoca già in prima linea nella lotta alle mafie, ma anche donne e uomini che, a partire da quei giorni, hanno iniziato, ognuno nel proprio ambito, a combatterle.

Autori:
Sonia Alfano, Salvatore Borsellino, Raffaele Cantone
Giuseppe Casarrubea, Giulio Cavalli, Lella Costa, Nando Dalla Chiesa, Pif (Pierfrancesco Diliberto), Maria Falcone, Antonio Ingroia, Pina Maisano Grassi, Pino Maniaci, Fabrizio Moro, Gianluigi Nuzzi, Moni Ovadia, Don Giacomo Panizza, Massimiliano Perna, Dario Riccobono, Renato Sarti, Salvo Vitale, I.M.D.

A cura di Massimiliano Perna

Testimoni
LA
GIUSTA
PARTE
Testimoni e storie
dell'antimafia
A cura di Mario Gelardi
Miale di Mauro / Esposito La Rossa
Zagaria / De Crescenzo / Perna / Gelardi
Chetta / Rinaldi / De Rosa / Sarò / Gallo
Barra / Terranova / Giannone / Cioffo
Oliviero / Indulgenza / Pellegrino
Ammaliato / Pingitore

Nella stessa collana:

LA GIUSTA PARTE
Testimoni e storie dell'antimafia. Edizione aggiornata 2012

Mantenere la schiena dritta, costi quel che costi: non un atto di coraggio, ma un atto d'amore verso la propria dignità e verso la comunità di cui si è parte. Una scelta di libertà e responsabilità che accomuna donne e uomini che non si sono piegati, che non hanno rinunciato al proprio ideale di giustizia, ciascuno nel proprio ambito quotidiano. Magistrati, giornalisti, sindaci, commercianti, sacerdoti, insegnanti, testimoni di giustizia, madri, padri, figli, storie di chi combatte ogni giorno contro le armi affilate e sporche delle mafie, storie di chi in quella lotta è anche morto, ma non è stato sconfitto, grazie alla memoria, alla testimonianza. Raccontare per polverizzare l'oblio e l'isolamento. Questo libro racconta, in un continuum armonico di verità, emozioni e rabbia civile, la lotta quotidiana di quelle persone, che hanno scelto, tra le tante alternative possibili, quella più impegnativa: stare dalla giusta parte.

Testimoni:
Teresa Buonocore, Raffaele Cantone, Rosario Crocetta, Damiano e Martino, Rosario Esposito La Rossa, Alessandro Gallo, Gianni Grasso, Don Aniello Manganiello, Pino Masciari, Renato Natale, Don Tonino Palmese, Ulisse, i ragazzi dell'Arci Scampia, le insegnanti dell'IPM di Nisida, un perito del tribunale e i giornalisti che lavorano in Campania, in Calabria, in Sicilia e in Lucania

Storie:
Maurizio Estate, Giuseppe Fava, Rosario Angelo Livatino, le vittime della frana di Giampilieri, Peppino Impastato, Salvatore Nuvoletta, Mauro Rostagno, Gianluca Cimminiello

A cura di Mario Gelardi

I diritti d'autore del libro sono devoluti ad un progetto culturale per i ragazzi dell'Istituto Penitenziario Minorile di Nisida

www.caraco.it

Finito di stampare nel mese di gennaio 2014
dalla tipografia ORGRAME di Napoli
per conto di Caracò Editore
www.caraco.it

Questo libro è realizzato con processi a basso impatto ambientale.
Le carte provengono da foreste a coltivazione integrata ed ecosostenibile.

well managed FOREST · ELEMENTAL CHLORINE FREE GUARANTEED · PH NEUTRAL · LONG-LIFE ISO 9706 · HEAVY METAL ABSENCE CE 94/62

Annemarie Postma

PERFECTE JUICES & SMOOTHIES

VOOR IEDER MOMENT VAN DE DAG

2009 — Forum — Amsterdam

Art direction en vormgeving:
Rob Fabriek – Factory Imaginations, Amsterdam
Omslagfoto: *Nico Kroon*
Foto's binnenwerk: *René van Maarsseveen*

De meeste van de recepten in dit boekje verschenen eerder in *Het lichaam is perfect* en *Het leven is perfect.*

ISBN 978-90-492-0071-8

INHOUD

Wie van zichzelf houdt,
maakt gezonde
voedingskeuzes.

HET GEHEIM VAN GEZONDHEID

Gezondheid is veel meer dan gezond eten en drinken alleen. Ook de gedachten die je toelaat en contacten met anderen zijn gezonde of ongezonde voeding. Gezondheid is veel meer dan op je voeding, lichaam en energetische bescherming letten. Gezondheid is ook veel meer dan alleen niet ziek zijn. Het is een innerlijk gevoel van vreugde, thuis-zijn bij jezelf en in je leven. Je wordt gezonder en energieker als je de spanning in je leven reduceert. Rust in je denken is alles wat je daarvoor nodig hebt. Die rust heeft voornamelijk te maken met ophouden met denken dat er in je leven iets moet veranderen.

Het idee van 'werken aan onszelf' suggereert dat er iets hersteld of verbeterd moet worden. Als je dat als uitgangspunt neemt voor ontwikkeling krijg je stilstand. Het is namelijk gericht op het in stand houden van een idee, een gedachte of een concept over hoe je zou moeten zijn, en hoe je leven eruit zou moeten zien. Vrijheid en rust vind je alleen als je de werkelijkheid toestaat in jouw wereld. Niet door je te verzetten, maar juist door zonder oordeel open te staan voor alles wat er is. Als ik iets heb geleerd de afgelopen jaren, dan is het dat de grootste veranderingen plaatsvinden vanaf het moment dat je niet meer denkt dat er iets veranderd moet worden.

Juices en smoothies zijn kleine odes aan jezelf en jouw bestaan

De kunst is leren houden van het leven zoals het nu is, en van jezelf zoals je nu bent. Dit boekje is daarbij bedoeld als een aanmoediging. Eten en drinken doen we een paar keer per dag, ons leven lang. Hoe mooi is het om juist je dagelijkse voeding het begin te laten zijn van een nieuwe, liefdevollere

'Laat voeding
je medicijn zijn
en je medicijn
je voeding.'
Hippocrates

manier van met jezelf omgaan? Jij verdient liefde, ook nu al. Je lichaam verdient respect en mededogen, ook nu al. Je verdient het om je fit, helder en energiek te voelen en je thuis te voelen in je lichaam. Juices en smoothies zijn een leuke, makkelijke en zeer doeltreffende manier om in een korte tijd veel aan je gezondheid te doen. Het zijn eigenlijk bommetjes liefde voor je lichaam; elke dag kleine odes aan jezelf en je bestaan!

Vriendschap sluiten met je lichaam en jezelf is de basisliefdestaak die je in dit leven hebt te vervullen

In mijn boek *Het lichaam is perfect* nodig ik je uit vriendschap te sluiten met je lichaam. Met respect en liefde omgaan met je lichaam en er zo goed en bewust mogelijk voor zorgen, is de basisliefdestaak die je in dit leven hebt te vervullen. In de opvolger ervan *Het lichaam is perfect* wil ik je vriendschap laten sluiten met jezelf. Dit is namelijk de tweede liefdestaak die je in dit leven hebt te vervullen. Vriendschap sluiten met je lichaam en jezelf is het belangrijkste in je leven. Het is het fundament van je psychische en spirituele ontwikkeling, je lichamelijke, emotionele en spirituele gezondheid en je vermogen om anderen lief te hebben en te ondersteunen. Als je geen band hebt met de kern van jouw wezen, geen relatie met jezelf, kun je ook geen eenheid met anderen ervaren.

Juices en smoothies: bommetjes liefde voor je lichaam

Dit boekje is dus meer dan een juices-en-smoothiesboekje alleen. Het heeft geen zin om enkel je eetgewoonten te veranderen als er in je denken en het omgaan met jezelf niets verandert. Dit is dus een aanmoediging tot beweging

en groei. Breng je bewustzijn in beweging! Niet omdat je 'moet', maar met acceptatie en dankbaarheid. Alles is goed zoals het nu is, je lichaam is precies zoals het nu moet zijn. Vaak denk je dat je zelf het beste weet wat goed voor je is en welke verandering je nodig hebt om je nog beter te voelen, maar daarbij verlies je vaak uit het oog dat je dat wat goed voor je is al in handen hebt, dat het al bestaat en in het nu plaatsvindt. Je lichaam is perfect en je leven is perfect. Alles is perfect zoals het nu is.

En dan nu op naar de eerste heerlijke, gezonde juice! Waarom morgen beginnen met jezelf een plezier doen als het vandaag kan?

Succes!

Annemarie

P.S. Alle recepten zijn voor twee personen.

KEUKENAPPARATUUR

Wat je nodig hebt:
- blender
- citruspers
- sapcentrifuge

Blender of sapcentrifuge (juicer)?
Een juice of smoothie uit de blender maak je door hele vruchten te blenderen. Een juice uit de sapcentrifuge wordt gemaakt door alleen het sap uit de vruchten (en/of) groenten te halen. In de blender blijven alle vezels en pulp van het fruit en de groente die je gebruikt behouden. Voldoende vezels zijn belangrijk voor een goede gezondheid. Toch is men het er in toenemende mate over eens dat sap uit de sapcentrifuge ook grote voordelen biedt. Met bijvoorbeeld een Solis Juice Fountain (deze gebruik ik zelf) of Solis Smart Juicer pers je in een handomdraai het sap uit hele appels, sinaasappelen, druiven, winterpenen, bleekselderij, broccoli, tomaten etc. Deze machines scheiden, in tegenstelling tot de blender, het sap van de pulp. De gedachte hierachter is dat je je lichaam wel alle nodige voedingsstoffen, mineralen en enzymen bezorgt, maar het niet belast met onverteerbare vezels waar de voedingsstoffen in 'opgesloten' zitten en die dus toch niet door het lichaam worden opgenomen. Om een voorbeeld te geven: als je een rauwe wortel eet, dan kan je lichaam slechts 1 procent van het in de wortel aanwezige bètacaroteen (een belangrijke antioxidant) opnemen. Als je de wortel door de sapcentrifuge haalt is je lichaam in staat om bijna 100 procent van het in de wortel aanwezige bètacaroteen op te nemen!

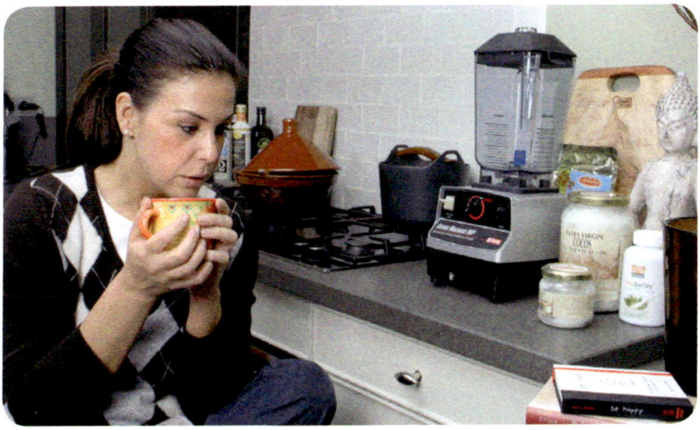

'Tel geen calorieën,
maar voedingsstoffen.'
Dr. Mehmet Oz

TOVERWOORD: GROEN!

Snel je vitaliteit naar een hoger niveau door juices en smoothies met Green Superfoods!

Een goed evenwicht in je lichaam heeft alles te maken met de zuur-basebalans ofwel: de zuurgraad. Door slechte eet- en leefgewoonten, en schadelijke milieu-invloeden is hier vaak iets mis mee. Een te zure zuurgraad is dan ook de oorzaak van veel welvaartsziekten, en zorgt voor vermoeidheid, gebrek aan energie, hoofdpijn, reumatische aandoeningen, auto-immuunziektes, darmklachten en nog veel meer. Ons westers voedingspatroon bevat tegenwoordig overwegend zuurvormend voedsel. Dit is belastend voor je lichaam en het stelt onze zuur-basebalans op de proef.

Ontzurend: greens!
Om je zuur-basebalans optimaal te krijgen of te houden is het raadzaam om Greens aan je water, smoothies, yoghurt of juices toe te voegen, zoals Alka Greens, Alka Barley, Vitamineral Green en/of dagelijks chlorella te slikken. En natuurlijk is het allerbelangrijkste voldoende base-vormend (alkalisch) voedsel te eten. Onbewerkte, hele, levende, rauwe voeding, groenten en fruit zijn hiervoor belangrijke bronnen. Rijk aan vitaminen, enzymen en mineralen helpen deze de schadelijke zuren in ons lichaam te neutraliseren. Een 'zure smaak' voor een vrucht is hierbij echter geen indicatie voor de mate waarin de voeding zuurvormend is. Citroen smaakt bijv. zuur, maar is juist weer base-vormend (alkalisch).

Hoe is het met jouw zuurgraad gesteld?
De zuurgraad ligt voor het bloed normaal tussen de 7,35 en 7,45. Beneden deze waarden is het zuur, daarboven basisch (alkalisch). De zuurwaarde in het bloed is redelijk constant, maar de zuurwaarde in speeksel, zweet, urine, sperma etc. varieert en het is daar dat we kunnen constateren dat er iets mis is. Bij de apotheek en drogist zijn stripjes verkrijgbaar om je zuurgraad te meten. Je haalt het stripje over je tong en aan de verkleuring kun je aflezen hoe zuur jij bent.

Verzurend!
Koffie, alcohol, nicotine, medicijnen, snoep, cola, melk, suiker, eieren, gewone kaas, vlees, dierlijke vetten, overmatig gebruik van plantaardige oliën en margarines (behalve olijf- en kool(raap)zaadolie, lijn(vlas)zaadolie en ongeraffineerde kokos- en palmolie). Ook witte meelproducten dragen bij tot de verzuring.

Andere factoren die je zuur-base beïnvloeden zijn:
Stress
Onvoldoende beweging
Onvoldoende nachtrust
Te weinig drinken
Overmatige sportinspanning

Ontzurend!
Een ruime hoeveelheid water drinken per dag, groene thee, aardappelen, onbewerkt, 'heel' en levend voedsel, zuurdesembrood, speltbrood, en nagenoeg alle groenten (behalve spinazie en rabarber, die verzuren). Om sneller en beter te ontzuren kun je aan je dagelijkse hoeveelheid water, of aan je juices, smoothies of yoghurt, een zuiveringsmiddel toevoegen zoals: Alka Greens, of Alka Barley, of Vitamineral Green. In het eetplan van *Het lichaam is perfect*, en *Het leven is perfect* is dit al een standaard ritueel.

Vasten en baden om te ontzuren
Ook vasten is een goede manier om de zuurbasebalans van je lichaam weer in evenwicht te brengen. Met vasten, veel lauw water en kruidenthee, je voeding heel goed kauwen wordt de slakvorming in de darmen aangepakt en de zuurgraad verbeterd. Daarbij kun je zoutwaterbaden nemen. Daarvoor bestaan er ook speciale basemengsels met calciumcarbonaat, natrium(bi)carbonaat of kaliumcarbonaat. Ook een theelepel zoutwateroplossing in een glas water op de nuchtere maag is een beproefd middel om de zuur-basebalans snel weer op orde te brengen. Himalayazout (haliet) is kristalzout uit het Himalayagebergte dat 84 oorspronkelijke mineralen en sporenelementen bevat. Je kunt het verkrijgen bij de meeste natuurvoedingswinkels of De Tuinen.

DE KRACHT VAN VERSE JUICES EN SMOOTHIES

Een verse juice of smoothie is onvergelijkbaar met kant-en-klare smoothies uit een flesje.

De kracht van groene juices!
Het is mogelijk om de juice een dag in de koelkast te bewaren, maar wil je echt de pure GROEN-kracht drinken dan kun je de juice het beste direct opdrinken. Drink twee glazen groene juice per dag en voel het verschil in minder dan drie weken! Hier enkele lekkere en makkelijke recepten.

Detox Delight!

Ingrediënten
1 komkommer
3 stengels bleekselderij
2 groene appels
1 middelgrote koolrabi
½ geschilde limoen
2 tl Alka Barley

Bereiding
- Juice alle ingrediënten
- Voeg als laatste het Alka Barleypoeder toe en roer goed door elkaar
- Serveer en drink direct. Drink met aandacht en liefde en respect voor alles dat groen is

Ibiza Green!

Komkommer, bleekselderij en watermeloen hebben het vermogen ons lichaam van binnenuit te koelen. Deze juice is dus heerlijk verkoelend tijdens warme zomerdagen.

Ingrediënten
½ liter gezuiverd water
¼ komkommer
½ groene appel
¼ limoen, geschild

Bereiding
- Juice alle ingrediënten
- Serveer en drink direct

Green Powersmoothie

Ingrediënten
1 rijpe avocado, ontpit en geschild
1 koffiekopje biologisch appelsap
1 koffiekopje gezuiverd water
1 banaan
paar blaadjes verse munt
2 tl Alka Greens
2 ijsblokjes

Bereiding
- Doe alle ingrediënten in de blender en blendeer tot smeuïge smoothie
- Als je hem te dik vindt, voeg dan nog wat gezuiverd water toe

Can Manya Supersmoothie

Stout en gezond!

Ingrediënten
1 groene appel
½ banaan
3 plakken verse ananas
½ limoen, geschild
2 kleine bolletjes vanille-ijs

paar blaadjes verse munt
1 el gepelde hennepzaadjes (als je die kunt krijgen!)
1 tl agavesiroop (verkrijgbaar bij natuurwinkels)
2 tl chlorellapoeder
3 ijsblokjes

Bereiding

- Juice de appel, ananas en limoen
- Meng in de blender met alle overige ingrediënten
- Deze smoothie eet je waarschijnlijk met een lepel. Wil je hem dunner? Voeg dan wat amandelmelk (natuurwinkel) toe

Green Twist

Ingrediënten
2 bloedsinaasappels
1 limoen
1 banaan
1 kiwi
1 medjouldadel
paar blaadjes verse munt
2 tl Alka Greens
½ el extra vierge kokosolie van Amanprana

Bereiding

- Pers de sinaasappels en limoen uit
- Meng het sap in de blender met alle overige ingrediënten en blendeer tot smeuïge smoothie

Green Tomato Twist

Ingrediënten
8 rijpe biologische tomaten
1 limoen
1 tl chlorella
evt. Himalayazout
4 ijsblokjes

Bereiding

- Juice de tomaten en limoen
- Verdeel in 2 glazen en roer de chlorella er goed doorheen
- Giet de juice over de ijsblokjes en voeg eventueel een snufje Himalayazout toe

TIP

Om gezond te blijven en uitdrogingsverschijnselen te voorkomen of te behandelen, hebben wij 2 tot 2,5 liter water per dag nodig, dus acht, liever nog tien grote glazen van 25 cl, verdeeld als volgt:

- Bij het ontwaken één glas, niet te koud
- Een halfuur vóór elke maaltijd één glas (of twee) en vóór de hoofdmaaltijd twee
- Tweeënhalf uur na elke maaltijd nog een glas
- Liefst nog een vóór het slapengaan

Belangrijk voor je gezondheid:

GEÏONISEERD WATER

- Helpt gifstoffen afvoeren
- Verbetert je circulatie
- Balanceert je gal

Geïoniseerd water is 'basisch water' en heeft een ontzurende werking. Dit water is bijzonder zuurstofrijk! Door dit water te drinken ontstaat er een helende, verjongende en ontgiftende werking.

Je kunt dit water zelf maken met een waterioniseerder. De meeste waterioniseerders komen uit Korea. In Japan zijn er inmiddels veel studies naar gedaan en worden de apparaten nu aanbevolen door het ministerie van Gezondheid. Het valt daar onder de apparatuur die de gezondheid verbetert.

Je kunt water ook ioniseren door het 20 minuten te koken. Hierdoor wordt het water geladen met zogenaamde 'verzadigde negatieve zuurstofionen' die zich hechten aan de positieve lading in je lichaam (toxines en afval). Dit verandert afval in neutraal vloeibaar materiaal dat makkelijk door het lichaam wordt uitgescheiden.

Voel je goed in je lijf.

voel je thuis in je leven!

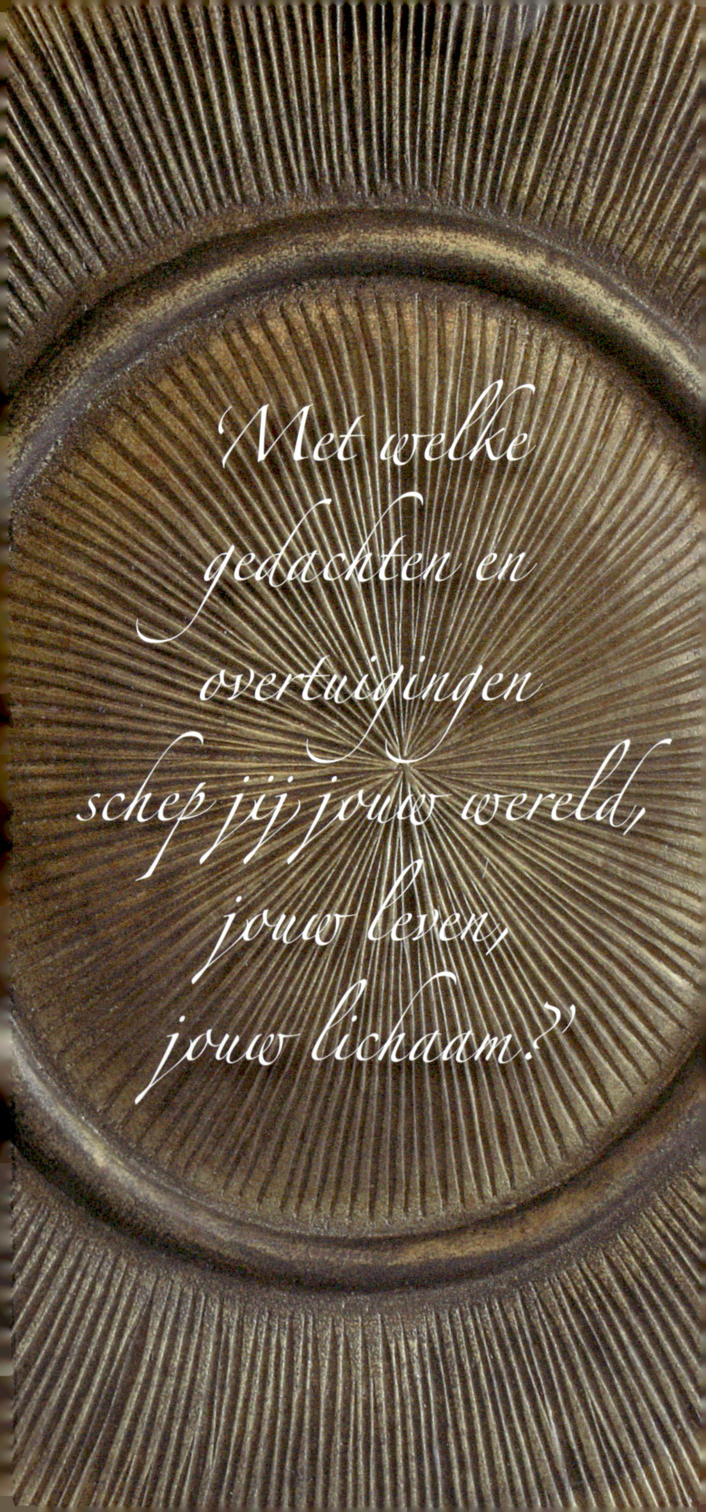

'Met welke
gedachten en
overtuigingen
schep jij jouw wereld,
jouw leven,
jouw lichaam?'

KOKOSSMOOTHIE MET VERSE MUNT

Deze heerlijke smoothie is lekker verfrissend op een zomerse dag: de combinatie verse kokosblokjes met de oppeppende smaak van verse munt voelt fluweelzacht aan.

Ingrediënten
½ bakje verse kokosblokjes
1 el kokosolie of -boter
1 tl agavesiroop
paar blaadjes verse munt
1 kopje soja-, kokos- of rijstmelk
1 mok sojayoghurt
1 el gebroken lijnzaad
evt. 1 medjouldadel

Bereiding
- Doe alle ingrediënten in de blender en blendeer tot een glad geheel
- Garneer met een schijfje limoen met schil

BANAAN-SINAASAPPEL SMOOTHIE

Deze smoothie met bananen en yoghurt is een perfect tussendoortje op een drukke dag: hij vult behoorlijk en is supergezond!

Ingrediënten

2 sinaasappels
2 bananen
1 kop biogardeyoghurt
1 el kokosolie of -boter
50 ml aloë-verasap
gepelde hennepzaadjes

Bereiding

- Pers of knijp het sap uit de twee sinaasappels
- Doe het sap met de bananen, de biogardeyoghurt en de kokosolie in de blender en blendeer tot een glad geheel
- Voeg het aloë-verasap toe en blendeer nog een paar seconden
- Garneer de smoothie met gepelde hennepzaadjes

VERKWIKKENDE ABRIKOZENSMOOTHIE

Deze frisse smoothie geeft je een fijne oppepper als je het nodig hebt.

Ingrediënten
3 sinaasappels
2 limoenen
4 abrikozen (zonder pit)
50 ml aloë-verasap
1 el lijnzaad
hennepzaadjes

Bereiding
- Pers de sinaasappels en de limoenen uit
- Voeg de abrikozen, het aloë-verasap en het lijnzaad toe en blendeer het
- Garneer de smoothie met de hennepzaadjes

PEER-AVOCADOSMOOTHIE

De romige peer-avocadosmoothie is zeer verrassend door de combinatie van smaken. Een aanrader!

Ingrediënten
1 grote peer, geschild
½ avocado
klein handje witte druiven
sap van 1 citroen
3 blaadjes verse munt
½ kopje water of soja-, amandel- of rijstmelk
1 el agavesiroop
1 el gebroken lijnzaad
1 el Alka Barley of Barley Grass
1 el ongezouten pecannoten

Bereiding
- Doe alle ingrediënten in de blender en blendeer tot een glad geheel
- Voeg als je de smoothie te dik vindt nog wat extra melk toe en blendeer nogmaals heel kort
- Garneer eventueel met wat pecannoten

POMPOEN-WORTELSMOOTHIE

Een heerlijk pittige smoothie die door de gember een verrassende extra bite krijgt.

Ingrediënten
500 gr pompoen
1 roze grapefruit
3 citroenen
1 kop wortelsap
1 passievrucht
2 el agavesiroop
klein stukje verse gember
ijsblokjes (optioneel)
hennepzaadjes/pompoenpitten (optioneel)

Bereiding
- Snijd de pompoen in stukken en kook ze gedurende 10 minuten. Laat afkoelen
- Pers de grapefruit en de citroenen uit in de blender
- Voeg de stukken afgekoelde pompoen en het wortelsap toe
- Schep het vlees uit de passievrucht en voeg het samen met de agavesiroop en het stukje verse gember toe aan het mengsel
- Blendeer tot een glad geheel
- Voeg eventueel 2 ijsblokjes toe en garneer met de hennepzaadjes of de pompoenpitten

TIP

VERS, VERS, VERS!

Hoewel fabrikanten ons graag anders doen geloven, is een verse juice of smoothie natuurlijk onvergelijkbaar met kant-en-klare smoothies uit een flesje. Niet alleen wat smaak betreft, maar ook wat de Bovis-waarde (energetische waarde ofwel 'levenskracht' of Prana) betreft.
Om gezond te blijven moeten we voeding tot ons nemen met een Bovis-waarde hoger dan 6500. Veel voedingsmiddelen halen deze waarde niet. Deze producten verminderen de levenskracht van de mens in plaats dat ze iets toevoegen. Het is bekend dat bijvoorbeeld de rijpheid, versheid en bereidingswijze invloed hebben op de Bovis-waarde van voeding en voedingstoffen. Hoe verser je juice of smoothie, hoe meer levenskracht (en dus Bovis-waarde) hij zal hebben. En hoe lekkerder hij zal zijn!

VITALITEITSBOOSTER

Heel goed voor als je net ziek bent geweest of het dreigt te worden: met deze booster ben je zo weer op de been!

Ingrediënten
wortelsap
tomatensap
1 el omegaolie
citroensap
herbamare
1 bleekselderij
1 ijsblokje (optioneel)

Bereiding
- Vul een glas met ¾ wortelsap en ¼ tomatensap
- Voeg 1 el omegaolie, een beetje citroensap en een snufje Herbamare toe
- Voeg eventueel 1 ijsklontje toe en roer het goed door elkaar
- Snijd de selderij in de lengte in dunne repen en garneer daarmee de booster

AARDBEIEN-TOFUSMOOTHIE

Deze verfrissende smoothie is door de tofu ook heel geschikt als maaltijdvervanger, voor net dat ene pondje minder!

Ingrediënten
2 sinaasappels
1 citroen
¼ blok tofu
1 bakje aardbeien
1 el extra vierge kokosolie
1 el pompoenpitten
1 el zonnebloempitten
50 ml aloë-verasap

Bereiding
Houd wat aardbeien en pompoenpitten apart voor de garnering

- Pers de sinaasappels en de citroen uit
- Voeg de tofu, de aardbeien, de kokosolie, de pompoen- en de zonnebloempitten toe
- Blendeer tot een glad geheel
- Voeg het aloë-verasap toe en blendeer nog enkele seconden
- Garneer met in plakjes gesneden aardbei en pompoenpitten

AMANDEL-VANILLEMELK

Een lekker drankje dat niet alleen heerlijk smaakt, maar ook verzachtend werkt voor je keel. Deze melk is ongeveer 4 dagen in de koelkast houdbaar. Goed schudden voor gebruik.

Ingrediënten

2 koppen gepelde amandelen, ongezouten en niet geroosterd
6 koppen water
1 vanilleboon
5 dadels of 2 el agavesiroop, ahornsiroop of honing

Bereiding

- Week de amandelen een nacht in een kom en spoel ze goed af
- Week de dadels ongeveer een halfuur
- Haal de zaadjes uit de vanillepeul
- Blendeer het water en de amandelen tot een gladde melk
- Filter de amandelmelk door een zeefzak (of sprout bag)
- Doe het gefilterde mengsel in de blender en voeg de vanillezaadjes en de geweekte dadels (of de siropen of honing) toe en blendeer tot een gladde melk

RAW CHOCOLATE & BANANENSMOOTHIE

Voor wie aan de lijn is maar toch af en toe smacht naar de heerlijke smaak van chocola!

Ingrediënten
1 banaan
2 el cacao
1½ tl carobpoeder
200-250 ml rijst-, amandel- of hennepmelk
½ tl kaneel
½ tl natuurlijk vanille-extract

Optioneel
1 el cran- of gojiberry's
1 el macapoeder
½ el Vitamineral Green
1 el voorgeweekte noten en zaden

Bereiding
Als je noten of zaden gebruikt, week ze dan circa twee uur in water en spoel ze daarna goed af

- Blendeer de banaan, cacao, bessen, noten en zaden tot een glad geheel
- Voeg de kaneel, de vanille en het carobpoeder toe
- Voeg in kleine beetjes en op een lage blendeerstand de melk toe tot je een vloeibaar geheel hebt

GOJIBERRYJUICE

Perfect voor in de donkere wintermaanden: de antioxidanten in de bessen geven je weerstand een onmiddellijke impuls.

Ingrediënten
2 sinaasappels
2 limoenen
2 roze grapefruits
1 flinke hand gedroogde (of geweekte) gojiberry's
1 el Alka Barley of Barley Grass

Bereiding
- Pers de sinaasappels, limoenen, grapefruits uit en blendeer samen met de bessen tot een glad geheel
- Voeg de Alka Barley of het Barley Grass toe en blendeer nogmaals heel kort

Alles wat in mijn
leven gebeurt hoort
bij mij en bij mijn
weg in het leven.

PERZIKSMOOTHIE MET KANEEL

Een zijdezachte, romige smoothie met net dat kleine frisse accentje dat je af en toe nodig hebt!

Ingrediënten

4 perziken, geschild en ontpit
½ groene appel, geschild
½ citroen, geperst
1½ kop biogardeyoghurt
1 el lijnzaad
kaneel

Bereiding

- Doe alle ingrediënten met een snufje van de kaneel in de blender en mix tot een glad geheel

NATURAL BEAUTY SMOOTHIE

Deze smoothie is perfect geschikt voor het van binnenuit versterken van je nagels en je haar.

Ingrediënten
2 koppen gemengde biobessen (uit de vriezer)
1 el gesneden verse munt
1 kleine, niet al te rijpe banaan
1 el gebroken lijnzaad
½ mok gezuiverd water
1 el extra vierge kokosboter van Amanprana

Bereiding
- Doe alles in de blender en blendeer tot smeuïge smoothie
- Garneer met wat geschaafde amandelen

CRANBERRY-RABARBER ANTI-OXI-SMOOTHIE

Net als de goji-juice de perfecte hoe-kom-ik-gezond-de-wintermaanden-door-smoothie!

Ingrediënten
400 gr rabarber
7 el water
2 grote, goed rijpe peren, geschild
1 grote hand cranberry's
1 klein handje rode bessen
4 el agavesiroop

Bereiding
Houd een paar rode bessen apart voor de garnering
- Kook de rabarber in het water in circa 5 minuten gaar
- Doe de rabarber samen met het kookvocht in de blender
- Voeg de andere ingrediënten toe en blendeer tot een glad geheel
- Garneer met de achtergehouden rode bessen

TROPICAL SMOOTHIE

Met deze smoothie waan je je op een tropisch eiland, heerlijk én gezond!

Ingrediënten

2 plakken ananas (vers of kant-en-klaar)
2 plakken mango (vers of kant-en-klaar)
vruchtvlees van 1 passievrucht
1½ kop granaatappelsap (Healthy People)
blaadjes verse munt
1 el kokosolie of -boter (Amanprana)
1 el gebroken lijnzaad
1 el Alka Barley of Barley Grass

Bereiding

Houd twee blaadjes munt apart voor de garnering

- Doe alle ingrediënten in de blender en blendeer tot een glad geheel
- Garneer met de blaadjes munt

Je hebt twee soorten voeding: dat wat je levenskracht geeft en dat wat je levenskracht ontneemt.

BANANEN-ANANASSMOOTHIE

Door de ananas heerlijk zoet voor de zoetekauwen onder ons, met een verrassend pittig gemberaccent.

Ingrediënten
1 sinaasappel
1 citroen
1 banaan
½ ananas
stukje verse gember
2 dadels
1 kop koude rijstmelk
1 el lijnzaad

Bereiding
- Pers de sinaasappel en de citroen uit
- Snijd de banaan en de ananas in stukken en voeg samen met het geschilde stukje gember en de dadels toe aan het sap
- Blendeer tot een glad geheel
- Voeg de rijstmelk en het lijnzaad toe en blendeer nog enkele seconden

CRANBERRY-FRAMBOZENSMOOTHIE

Door de rode kleuren echt een liefdesdrankje bij uitstek!

Ingrediënten

1 kop aardbeien
1 kop frambozen (liefst vers, maar diepvries kan ook)
1 mok cranberrysap
1 el agavesiroop
1 el Alka Barley of Alka Greens

Bereiding

Houd een aardbei of een framboosje apart

- Maak het fruit schoon (of laat het ontdooien)
- Doe alles in de blender en blendeer tot een smeuïge smoothie
- Garneer met een aardbei of framboosje

FRAMBOZEN-BOSBESSENMOUSSE

Met deze heerlijk smeuïge mousse gooi je vast en zeker hoge ogen bij een dinertje voor vrienden of familie.

Ingrediënten
1 limoen
1 bakje frambozen
1 bakje (of 2 handen bevroren) bosbessen
⅓ blok tofu
2 el agavesiroop of honing
handje hennepzaadjes

Bereiding
Houd een paar bessen en frambozen apart voor de garnering
- Pers of knijp de limoen uit
- Voeg de frambozen, de bosbessen en de tofu toe
- Zoet met de agavesiroop of de honing en blendeer tot een luchtige mousse
- Zet de mousse een halfuurtje in de koelkast en garneer daarna met de bessen en frambozen

FRISSE APPEL-MELOENSMOOTHIE

Deze frisse smoothie geeft een goede kickstart van de dag!

Ingrediënten
1 sinaasappel
1 limoen
½ honingmeloen
1 nectarine
1 groene appel
1 hand blauwe druiven
50 ml aloë-verasap

Bereiding
- Pers de sinaasappel en de limoen uit
- Snijd de limoen, de appel en de nectarine in blokjes en voeg samen met de druiven toe
- Blendeer tot een glad geheel
- Voeg het aloë-verasap toe en blendeer nogmaals kort

RODEBESJESSMOOTHIE

Door de frisse smaak van de rode bessen en de yoghurt is deze smoothie allerzaligst op een warme zomerdag.

Ingrediënten
1 sinaasappel
1 citroen
½ bakje rode bessen
1 passievrucht
2 el agavesiroop
2 el biogardeyoghurt
1 el lijnzaad
50 ml aloë-verasap
handje hennepzaadjes

Bereiding
- Pers of knijp de sinaasappel en de citroen uit
- Voeg de bessen, het vlees van de passievrucht, de siroop, de yoghurt en het lijnzaad toe en blendeer tot een glad geheel
- Doe het aloë-verasap erbij en blendeer nog enkele seconden
- Garneer met wat hennepzaadjes

GREENS SAVE YOUR LIFE!

Kijk eens goed naar de natuur. Zou het toeval zijn dat we de kleur groen hier zo vaak tegenkomen? Het antwoord is: ' nee'. De pigmentstof in groente, grassen, planten en algen die voor deze groene kleur zorgt is ' chlorofyl'. Vertaald uit het Grieks betekent dit letterlijk 'bladgroen', naar Chloros (groen) en Phyllon (blad). Zonder chlorofyl zou onze natuur simpelweg niet kunnen bestaan. Het is deze groene pigmentstof die de absorptie van zonne-energie mogelijk maakt. De chemische structuur van chlorofyl lijkt sterk op die van hemoglobine, het eiwit in ons bloed dat voor transport van zuurstof naar onze lichaamscellen zorgt. Chlorofyl is dus het 'levensbloed' van onze natuur! We vinden het terug in de zogenaamde Green Foods. Het is enorm belangrijk dat we via onze dagelijkse voeding voldoende van deze Green Foods binnenkrijgen. Green Foods zijn vele soorten groenten en fruit. Maar ook algen (spirulina en chlorella) en grassen (gerste- en tarwegras) behoren hiertoe.

GREEN PUNCH

De gezondste manier om de dag mee te beginnen!

Ingrediënten
1 el Vitamineral Green
bruisend mineraalwater
1 tl agavesiroop
1 el limoensap

Bereiding
- Los de Vitamineral Green op in het bruisende mineraalwater
- Voeg de agavesiroop en het limoensap toe en roer tot alles goed is opgelost
- Maak eventueel af met een ijsklontje

GOJIBESSENSMOOTHIE

Net als de gojiberryjuice is deze smoothie echt supergezond: stralend van binnenuit!

Ingrediënten

3 handjes geweekte gojibessen
1 mok sojayoghurt
1 kopje granaatappelsap (Healthy People)
1 el Alka Barley of Barley Grass
1 el gebroken lijnzaad

Bereiding

- Week de gojibessen ongeveer 10 minuten
- Doe alle ingrediënten in de blender en mix tot een glad geheel

ANTI-AGING SMOOTHIE

Probeer je de oude dag nog even op afstand te houden? Deze smoothie geeft je de perfecte ondersteuning!

Ingrediënten
½ kop gojibessen
½ kop frambozen
½ kop granaatappelsap
1 kop sojayoghurt
1 el Alka Barley of Barley Grass
½ el Alpro Soya-room

Bereiding
- Week de gojibessen ongeveer 10 minuten
- Doe alle ingrediënten in de blender en mix tot een smeuïg geheel
- Garneer de smoothie met een scheutje sojaroom

*Vriendschap sluiten
met jezelf is een
basisliefdestaak
die je in dit leven
hebt te vervullen.*

POWERSMOOTHIE

Drukke baan? Veel gesport? Deze smoothie geeft je binnen de kortste keren je power terug!

Ingrediënten
1 banaan
1 handje bevroren cranberry's
½ mok rijst- of amandelmelk
½ mok yoghurt
1 el lijnzaad
1 el sesamzaad
1 el rauw, gepeld hennepzaad
1 el pompoenpitten
1 el zonnebloempitten

Bereiding
Houd eventueel een paar plakjes banaan achter voor de garnering
- Schil de banaan en snijd hem in stukken
- Voeg de andere ingrediënten toe en blendeer tot een glad mengsel
- Garneer met de plakjes banaan of wat hennepzaadjes

RABARBER-GRANAATAPPELSMOOTHIE

Door zijn medicinale werking is rabarber uitermate geschikt als ondersteuning van het herstel na een ziekte.

Ingrediënten
2 handjes gesneden rabarberstengels
1 limoen, uitgeperst
1 kop granaatappelsap of 4 granaatappels uitpersen
1 bakje granaatappelpitjes
½ el agavesiroop
1 el Alka Barley of Barley Grass

Bereiding
Rabarber is van nature erg zuur; mocht je de smoothie te zuur vinden, voeg dan extra siroop toe

- Kook de rabarber en laat afkoelen
- Samenvoegen in blender met het sap van de limoen, het granaatappelsap, 2 el granaatappelpitjes en de agavesiroop
- Blendeer tot een glad geheel
- Garneer eventueel met wat plakjes rabarber

PEER-POMELOSMOOTHIE

De pomelo is niet zo zuur als de grapefruit en minstens zo gezond! Mocht je problemen hebben met je tandglazuur, dan is dit een heerlijk zoet alternatief!

Ingrediënten
1 pomelo
1 ugli
1 limoen
2 peren
2 el sojayoghurt
1 el biotarwekiemen
handje hennepzaadjes

Bereiding
- Schil de peren en snijd ze in stukken
- Pers de pomelo, de ugli en de limoen uit en voeg samen met de yoghurt en de tarwekiemen toe aan de peer
- Blendeer tot een smeuïg geheel
- Garneer met wat hennepzaadjes

GREEN BEAUTY SMOOTHIE

Een heerlijke smoothie die door de combinatie van groenten en fruit wonderen doet voor je huid.

Ingrediënten
½ bleekselderijstengel
½ komkommer
4 groene appels
1 dikke plak ananas
1 el omega 3/6/9-olie
evt. 4 ijsklontjes
evt. ½ rijpe avocado

Bereiding
Houd een paar blaadjes waterkers apart voor de garnering
- Pers in de juicefountain de waterkers, bleekselderij, komkommer, appels en ananas uit
- Giet het sap over in de blender en voeg eventueel ijsklontjes en een halve avocado toe
- Blendeer tot gladde, romige smoothie
- Garneer met wat blaadjes waterkers

'Alles wat we zijn is
het resultaat van wat
we hebben gedacht.
De geest is alles.
Wat we denken
dat worden we.'
Boeddha

WITTE SMOOTHIE
VAN SOJAMELK, HONING, DADEL EN BANAAN

Deze zijdezachte smoothie is heerlijk romig en heel verfrissend door de ijsblokjes.

Ingrediënten
1 mok sojayoghurt
1 kopje sojamelk
1 banaan
1 medjouldadel
2 tl honing of agavesiroop
2 ijsklontjes
1 el Alka Barley of Barley Grass
1 schijfje limoen met schil

Bereiding
- Schil de banaan en snijd hem in stukken
- Voeg de andere ingrediënten minus het schijfje limoen toe en blendeer tot een glad geheel
- Maak het af met de ijsklontjes en garneer met het schijfje limoen

CITRUS-TOFUSMOOTHIE

Overheerlijk na een superhete dag op het strand.

Ingrediënten
2 sinaasappels
1 grapefruit
½ limoen
½ blok tofu
4 tl agavesiroop
50 ml aloë-verasap

Bereiding
- Pers de sinaasappels, de grapefruit en de halve limoen
- Voeg daaraan toe de tofu en de agavesiroop en blendeer tot een glad mengsel
- Voeg het aloë-verasap toe en mix nog enkele seconden

TIBETAANSE GOJIBERRYTHEE

Trek je huispyjama aan, zet een zalige tearjerker op en geniet met deze heerlijke, gezonde thee van een avondje op de bank.

Ingrediënten
2 handjes gojiberry's

Bereiding
- Schenk kokend water op de bessen en laat 10 minuten trekken
- Schenk met besjes en al in een glas en drink de thee inclusief de bessen

PITTIGE ROZE-GRAPEFRUITJUICE

Na een lange wandeling in de vrije natuur is dit de perfecte dorstlesser.

Ingrediënten
2 sinaasappels
2 roze grapefruits
½ citroen
klein stukje verse gember, geschild
50 ml aloë-verasap

Bereiding
- Pers de sinaasappels, de grapefruits en de halve citroen
- Snijd de gember in piepkleine stukjes en voeg samen met het aloë-verasap toe aan de juice
- Roer het geheel goed door

CRANBERRY DELIGHT

Cranberry's staan bekend om hun helende eigenschappen bij blaasproblemen, dus dit is een goede ondersteuning bij je herstel.

Ingrediënten
3 sinaasappels
1 citroen
1 rode grapefruit
handje cranberry's
halve groene appel
2 pruimen (pitloos)
50 ml aloë-verasap

Bereiding
Ontpit indien nodig zelf de pruimen
- Pers de sinaasappels, de citroen en de grapefruit uit
- Snijd de appel in grove stukken en voeg samen met de cranberry's en de pitloze pruimen toe
- Blendeer tot een glad geheel
- Voeg het aloë-verasap toe en mix nog enkele seconden

'Moeheid is
gemakkelijk te
verwarren met...
ongeloof.'
Graham Greene

AVOCADO-FRUITSMOOTHIE

Een heerlijk romige smoothie, en door de avocado echt supergezond.

Ingrediënten
½ avocado
1 kop (vanille)sojayoghurt (of -ijs)
1 kop aardbeien, vers of uit de vriezer
½ kop soja-, amandel- of rijstmelk
½ el agavesiroop of honing
1 tl kaneel
1 el Alka Barley of Alka Greens

Bereiding
Ook allerzaligst met vanille-ijs; verhoog de hoeveelheid melk dan tot een hele kop

- Haal de kroontjes van de aardbeien en spoel ze even af Daarna direct gebruiken, anders gaat de smaak verloren!
- Doe alle ingrediënten in de blender en mix tot een romig geheel

BANAAN-AVOCADOSMOOTHIE

Door de banaan en de avocado is deze smoothie een heerlijk en gezond alternatief bij lekkere trek.

Ingrediënten
1 limoen
1 banaan
1 avocado
2 dadels
1 kop water
1 el lijnzaad
½ tl verse gember, geschild
1 el Vitamineral Green
1 el gepelde hennepzaadjes

Bereiding
- Ontpit de avocado en de dadels
- Pers de limoen uit en voeg de banaan, de avocado, de dadels, het lijnzaad, de gember en de Vitamineral Green toe
- Blendeer tot een romige massa
- Voeg op lage snelheid het water toe. Is de smoothie nog te dik naar je smaak, voeg dan nog wat water toe
- Garneer met de hennepzaadjes

Het geheim van een
gezond lichaam is een
gezonde
gedachtewereld

BOSBESSENSMOOTHIE

De zachte smaak van bosbessen en yoghurt maken van deze smoothie een romige sensatie.

Ingrediënten
1 mok bosbessen (vers of uit de vriezer)
1 kop appelsap
1 kop sojayoghurt
1 el gebroken lijnzaad
1 el Alka Barley of Barley Grass

Bereiding
- Doe de bosbessen met het appelsap in de blender en blendeer tot een glad geheel
- Voeg de yoghurt en het lijnzaad toe en blendeer samen met de Alka Barley of het Barley Grass nog een aantal seconden

KOMKOMMERSMOOTHIE

Deze groene smoothie is door de komkommer heerlijk fris, de azijn geeft hem een pittige bite.

Ingrediënten
1 komkommer
50 ml dragonazijn
1 snufje Herbamare
1 el omegaolie
versgemalen peper

Bereiding
- Schil de komkommer en snijd hem in grove stukken
- Blendeer de komkommer, de dragonazijn, de Herbamare en de olie tot een romige massa
- Breng op smaak met een snufje peper en zet voor gebruik minimaal 20 minuten in de koelkast

FRAMBOZEN-LIMOENSMOOTHIE

De verzachtende werking van framboos is een verademing bij een pijnlijke keel.

Ingrediënten
2 kopjes (diepvries)frambozen
½ limoen
1 kop biogardeyoghurt
1 el agavesiroop of honing
1 el lijnzaad

Bereiding
- Ontdooi indien nodig de frambozen
- Pers of knijp de limoen uit
- Voeg de rest van de ingrediënten toe en blendeer tot een glad geheel

PEREN-CITROENSMOOTHIE

Lekker vullend door de yoghurt, hier kun je wel een paar uurtjes mee vooruit!

Ingrediënten
2 peren
1 citroen
1 mok biogardeyoghurt
1 el Vitamineral Green
1 el lijnzaad

Bereiding
- Schil de peren, verwijder het hart en snijd ze in stukken
- Pers of knijp de citroen uit en voeg samen met de andere ingrediënten
- Blendeer tot een romige smoothie

PRUIMENSMOOTHIE

Niet te versmaden, met lekkere verse pruimen!

Ingrediënten
4 gele of blauwe pruimen
1 kop sojayoghurt
1 kop granaatappelsap
1 el gebroken lijnzaad
1 el extra vierge kokosolie/-boter
1 el Alka Barley of Barley Grass

Bereiding
- Ontpit de pruimen
- Doe de ingrediënten in de blender en mix tot een romig geheel

'Lichamen zijn net zo
onschuldig als bomen
of bloemen of adem.'
Byron Katie

VERY BERRYSMOOTHIE

Rood, roder, roodst!

Ingrediënten
1 mok biogardeyoghurt
1 banaan
1 hand rode bessen
1 hand bosbessen
1 hand aardbeien
1 hand frambozen
1 el kokosolie
50 ml aloë-verasap

Bereiding
Houd van alle fruit een kleine hoeveelheid achter
- Schil de banaan en snijd hem in stukken
- Blendeer de yoghurt, de banaan, de bessen, de aardbeien, de frambozen en de kokosolie tot een smeuïg geheel
- Voeg het achtergehouden fruit samen met het aloë-verasap toe en blendeer nog enkele seconden

APPEL-BANAAN-WORTELSMOOTHIE

Een lekker hartige smoothie voor na een dag hard werken of klussen.

Ingrediënten
3 grote winterpenen
1 stengel bleekselderij
½ groene appel
1 banaan
1 handje alfalfa
50 ml aloë-verasap
geroosterde sesamzaadjes

Bereiding
Mocht je geen sapcentrifuge hebben, gebruik dan biologisch wortel- en appelsap

- Schil de penen en pers ze samen met de halve appel uit
- Blendeer het sap met de banaan en de alfalfa tot een glad geheel
- Voeg het aloë-verasap toe en blendeer nog enkele seconden
- Garneer met de geroosterde sesamzaadjes

LEVENDE VOEDING

Juices en smoothies zijn 'levend voedsel', ook wel raw & living food genoemd; de ingrediënten zijn immers niet bewerkt of verhit, en bij voorkeur uiteraard niet behandeld met pesticiden of herbiciden. Ze barsten daarom van wérkelijke voedingswaarde. Koop je groenten en fruit daarom zoveel mogelijk in de natuurvoedingswinkels of koop de biologische producten uit de reguliere supermarkt. De levenskracht van biologische voeding is onaangetast. Juices en smoothies vertegenwoordigen de onaangetaste heelheid van het oorspronkelijke voedingsgeschenk van Moeder Natuur. Bovendien kun je er prima Green Superfoods doorheen mengen zoals: spirulinapoeder, chlorellapoeder, Barley Grass, Vitamineral Green, Alka Barley of Alka Greens. Waarmee zou je de dag beter kunnen beginnen, of onderbreken?

TROPICAL GREEN SMOOTHIE

Een ware multivruchtentopper is deze Tropical Green Smoothie.

Ingrediënten
1 sinaasappel
1 citroen
½ banaan
1 kiwi
½ avocado
1 passievrucht
1 el Vitamineral Green
1 el extra vierge kokosolie
50 ml aloë-verasap

Bereiding
- Schil de banaan en snijd de helft in stukken
- Schep het vlees uit de avocado (bewaar de helft waar de pit nog in zit als tussendoortje voor later op de dag) en uit de passievrucht en de kiwi
- Pers de sinaasappel en de citroen uit en voeg het samen met de rest van de ingrediënten
- Blendeer tot een glad geheel
- Voeg het aloë-verasap toe en blendeer nog enkele seconden

MANGO-BANAANSMOOTHIE

Voor als je haast hebt: een simpele maar heerlijke smoothie.

Ingrediënten
½ mango
1 banaan
1 kop biogardeyoghurt
50 ml aloë-verasap
handje gepelde hennepzaadjes

Bereiding
- Schil de banaan en de mango en snijd ze in stukken
- Voeg de yoghurt toe en blendeer tot een romige emulsie
- Voeg het aloë-verasap toe en blendeer nog enkele seconden
- Garneer met de hennepzaadjes

MANGO-CITROENSMOOTHIE

Voor een friszuur moment: met citroen én limoen.

Ingrediënten
1 sinaasappel
1 citroen
1 limoen
1 banaan
½ mango
1 kiwi
1 el lijnzaad
50 ml aloë-verasap

Bereiding
- Schil de banaan, de kiwi en de mango en snijd ze in stukken
- Pers de sinaasappel, de citroen en de limoen uit en blendeer samen met het lijnzaad tot een glad geheel
- Voeg het aloë-verasap toe en blendeer nog enkele seconden

BANAAN-PRUIMENSMOOTHIE

Een van mijn favorieten om na een drukke dag rustig naar binnen te slurpen...

Ingrediënten
2 sinaasappels
2 limoenen
2 gele pruimen (ontpit)
1 banaan
1 el gebroken lijnzaad
1 el geschaafde amandelen
1 el kokosolie/boter
1 klein stukje verse gember (zonder schil)
1 el Alka Barley of Barley Grass

Bereiding
- Doe alle ingrediënten minus de Alka Barley of Barley Grass in de blender en mix tot een glad geheel
- Voeg de Alka Barley of Barley Grass toe en blendeer nogmaals heel kort
- Is de smoothie te dik naar je smaak, voeg dan een scheut gezuiverd water toe en blendeer nogmaals heel kort

KIWISMOOTHIE

Kiwi's zijn echte toppers wat betreft hun vitamine C- en kaliumgehalte, en nog lekker ook.

Ingrediënten
2 kiwi's
2 sinaasappels
2 bananen
1 kop biogardeyoghurt
1 el kokosolie
50 ml aloë-verasap
handje gepelde hennepzaadjes

Bereiding
- Pers de sinaasappels uit
- Schil de kiwi's en de bananen en snijd ze in stukken
- Blendeer samen met de yoghurt en de olie tot een romig mengsel
- Voeg het aloë-verasap toe en blendeer nogmaals heel kort
- Garneer met de hennepzaadjes

tot ziens
'We first have to find
before you can change

out what's eating you,
the way you eat.'
Oprah Winfrey

MELOENSMOOTHIE

Zoet, zoeter, zoetst!

Ingrediënten

½ honingmeloen
1 el honing of agavesiroop
1 handje gemengde kiemen
1 el lijnzaad

Bereiding

- Schil een halve honingmeloen en snijd hem in stukjes
- Voeg de andere ingrediënten toe en blendeer tot een glad geheel

CRANBERRY-APPELSMOOTHIE

Valt het op dat cranberry's misschien wel mijn favoriete bessen zijn?

Ingrediënten
3 bloedsinaasappels
1 grapefruit
1 limoen
handje verse of bevroren cranberry's
1 rode appel, geschild
1 el agavesiroop of honing
1 el Alka Barley of Barley Grass

Bereiding
- Pers de sinaasappels, de grapefruit en de limoen uit
- Voeg de cranberry's, de appel en de siroop of honing toe en blendeer tot een glad geheel
- Voeg de Alka Barley of Barley Grass toe en blendeer nog heel even

SINAASAPPELSMOOTHIE

Een iets tijdrovender smoothie, maar o zo verfrissend.

Ingrediënten
2 sinaasappels
1 banaan
½ kop bosbessen
1 el agavesiroop of honing

Bereiding
Je kunt in plaats van bosbessen ook heel goed een hand gemengde bosvruchten gebruiken
- Schil de sinaasappels en doe de partjes in de blender
- Voeg de stukjes banaan, de bessen en de siroop toe en blendeer tot een smeuïg mengsel

SMOOTHIE VAN ZOMERFRUIT

Na deze smoothie heb je voorlopig echt even geen honger meer.

Ingrediënten
½ bakje verse frambozen
½ bakje verse blauwe bessen of pitloze druiven
½ bakje aardbeien
½ bakje bramen
1 passievrucht
2 el gojibessen
1 kop sojayoghurt
1 kop granaatappelsap
1 el gebroken lijnzaad
1 el Alka Barley of Barley Grass

Bereiding
- Maak het fruit schoon en voeg de yoghurt, het sap en het lijnzaad toe
- Blendeer tot een glad mengsel
- Voeg de Alka Barley of Barley Grass toe en blendeer nogmaals kort

De grootste veranderingen
komen op het moment
dat je niet meer gelooft
dat er iets veranderd
moet worden...

FRISSE GROENE SMOOTHIE

Groen en hartig, en supergezond.

Ingrediënten
½ citroen
½ limoen
½ komkommer
½ avocado
2,5 dl appelsap
1 el Vitamineral Green
1 el agavesiroop
snufje zeezout
handjes hennepzaadjes

Bereiding
- Pers de citroen en de limoen uit en blendeer dat samen met het appelsap, de Vitamineral Green en de siroop kort voor
- Schil de komkommer en de avocado en blendeer alles samen tot een glad geheel
- Breng op smaak met een snufje zout en garneer met een handjes hennepzaadjes

PRUIMENSMOOTHIE

Een topper voor ieder moment van de dag, gewoon genieten!

Ingrediënten
4 gele pruimen
2 passievruchten
1 banaan
1 el citroensap
4 el appelsap
1 el lijnzaad
50 ml aloë-verasap

Bereiding
- Ontpit de pruimen, schep het vruchtvlees uit de passievrucht en schil de banaan en snijd hem in stukken
- Voeg het sap en het lijnzaad toe en blendeer tot een glad geheel
- Voeg het aloë-verasap toe en blendeer nogmaals heel kort

GREEN SMOOTHIE

Een gezonde – en natuurlijk groene – afsluiter van dit boekje!

Ingrediënten
1 kiwi
1 peer
1 hand honingmeloen
1 flinke kop appelsap
1 limoen
1 el gebroken lijnzaad
1 el Alka Barley of Alka Greens

Bereiding
- Maak het fruit schoon en snijd het in stukken
- Blendeer het fruit, het appel- en limoensap en het lijnzaad tot een smeuïge massa
- Voeg de eetlepel Alka toe en blendeer nogmaals kort

Een lichaam waarvan gehouden wordt, zal zijn best doen
zo gezond en zo mooi mogelijk te zijn.

LEES OOK

Het lichaam is perfect, een gids om je natuurlijke gewicht te bereiken en je levenskracht op een serene wijze te hervinden, ondersteunen en versterken. Zonder jezelf, lichaam en geest geweld aan te doen. Met liefde voor jezelf zoals je bent. Met respect voor het lichaam zo (perfect) als het is.